夜明けを待つ

佐々涼子

集英社インターナショナル

夜明けを待つ

佐々涼子

目次

第1章　エッセイ

「死」が教えてくれること　8
夜明けのタクシー　11
体はぜんぶ知っている　16
世界の外側　22
今宵は空の旅を　25
命は形を変えて　28
この世の通路　31
アカレンジャー　34
諦念のあと　37
献身　40

背中の形 43
幸福への意志 46
実習生の家 49
もう待たなくていい 52
ダイエット 55
弔いの効用 58
ハノイの女たち 61
未来は未定 64
いつもの美容師さん 67
夜明けを待つ 70
痛みの戒め 73

柿の色 76
冬眠 79
ひろちゃん 82
和製フォレスト・ガンプ 85
片方のてぶくろたち 88
誰にもわからない 91
トンネルの中 94
スーツケース 97
梅酒 100
ばあばの手作り餃子 103
縁は異なもの 106
晴れ女 109

第2章　ルポルタージュ

ダブルリミテッド①　サバイバル・ジャパニーズ　114
ダブルリミテッド②　看取りのことば　128
ダブルリミテッド③　移動する子どもたち　143
ダブルリミテッド④　言葉は単なる道具ではない　160
会えない旅　175
禅はひとつ先の未来を予言するか　194
悟らない　207
オウム以外の人々　223
遅効性のくすり　255

あとがき　262

写真　長野陽一

ブックデザイン　有山達也＋山本祐衣
（アリヤマデザインストア）

第1章

エッセイ

「死」が教えてくれること

中学二年生の夏、祖父がふらっと我が家にやってきた。広島に住んでいた祖父は、まず北海道に嫁いだ一番上の叔母のところへ行き、そのあと二番目の叔父、三番目の叔母、と順に訪ね歩き、最後が我が家だった。私と弟はこの珍しい来訪者にはしゃいだ。

滞在最終日に、私たちは祖父とうなぎを食べ、新宿駅で別れた。

炎天の夏の日、新宿のビル街で、祖父は紺色の帽子を持ち上げて、それをゆらゆらと振った。そしてまた帽子をちょこんと頭に載せて、ゆっくりと遠ざかっていった。

それから二か月もしないうちに祖父は亡くなった。肝臓がんだった。祖父は、四人の子どもたちが元気に暮らしているかを見にきたのだ。家に帰りつくと、身の回りの品々をきちんと整理し、入院する前日には、理髪店に行って髪を切りそろえ、ひげもきれいに剃《そ》ってもらうと、家をあとにした。

その死は強烈な印象を残した。立派な祖父だったと思う。それから頭の隅にはいつも祖父がいて、恥ずかしくない死に方をしたいものだと思った。

約一〇年前に母が難病になった。母は二四時間父に介護され、下の世話をされ、入浴の介助をされて、人の手を借りながら生きてきた。遠慮深い母だったから、葛藤しただろう。一度だけ、まだ話せる母が泣いているのを見た。

「『こんな私は嫌でしょう?』とお父さんに聞いたら、それでも生きていてほしいって言ったのよ」

そして発症から五年後、私たち家族は母の命を左右する選択を迫られた。胃ろうをつけなければ死ぬ。胃ろうをつけたら生き続けるが、母にはつらい毎日が待っている。医師は聞く。

「さあ、どうしますか?」

そのとき、私は「死」について何も知らないことに気づいた。家族を看取ったこともなく、近しい人が亡くなったこともない。そこで母の命をどうするか決めろと言われても、何の判断材料も持っていなかった。医師が書いた本を何冊も読み漁《あさ》ったが何の参考にもならなかった。

死って何だろう。母が亡くなったら、私はどんな気持ちだろう。

常に死と生のはざまにいる母を身近に見続けながら、私は取りつかれたように死の現場に取材に入った。それが二冊の著書、国境を越える遺体搬送を追った『エンジェルフライト　国際霊柩送還士』であり、震災の犠牲と再生を描いた『紙つなげ！　彼らが本の紙を造っている』である。

この八月、私は母を亡くした。私の手元には文庫版収録のための『エンジェルフライト』のゲラがある。死とは何かという答えの出ない問いに、必死に食い下がる二年前の私がいた。母が亡くなった今、まるで答え合わせをするように、私はゲラに赤を入れている。生き抜いた母の死に顔は美しく、穏やかだった。私たちは一〇年という長い年月を、ととことん「死」に向き合って生きてきた。しかし、その果てにつかみとったのは、「死」の実相ではない。見えたのは、ただ「生きていくこと」の意味だ。親は死してまで、子に大切なことを教えてくれる。

（『潮』二〇一四年一一月号）

夜明けのタクシー

若くしてお母さんになってしまった。上の子を産んだのは二三歳のとき。夫はもっと若くて二二歳、まだ大学生だった。すぐに第二子が生まれたが、実家からも遠く離れ、頼るものもいない。きれいで遊びたい盛りには、お金がないので自分で髪を切り、一〇円でも安い牛乳を買いに、ふたつ先の駅前まで二人の子どもを前後に乗せて、自転車を漕いだ。

子どもたちは体が弱かった。夜に喘息《ぜんそく》の発作を起こしては、夜間診療のお世話になった。その後、会社員となった夫は仕事にも付き合いにも忙しく、困ったときに彼が家にいたという記憶がない。

上の息子がゼイゼイしだすと、遠い町の当番医までタクシーで行かなければならない。よく眠っている下の子を置いていくわけにはいかず、彼も起こして病院まで出かけるしかなかった。家には余分なお金がなかったので、タクシーを呼んだら、次の日には食べ物が買えなくなるような困窮ぶりだった。

私は家中からありったけの金をかき集めると、子どもたちにあたたかいオーバーや毛布をかぶせ、タクシーに乗せる。

当番医の名を告げると、タクシーの運転手は、「はい」と言ってしばらく車を走らせていた。

「うちにも、孫を産んだ娘がいてね……」と、ひと言言うと、その次の言葉が出るわけでもない。私は、子どもが心配で、たぶんこわばった顔をしていたと思う。彼の話に応える余裕もなく、黙っていた。

やがて、救急病院に着くと、「吸入の間、待っててやっから。待ってる間、お金かかんないから」とほほ笑んでくれた。私はその言葉に頭を下げると、上の子と下の子、二人を抱えて病院の中に入った。

当番医は、若くて、化粧の濃い、一目で新人とわかる女性だった。指の先を見るとカラフルなマニキュアが塗られている。

新人は、長男を診察すると、吸入器に入れる薬をカルテで指示した。だが、それを見るなり、でっぷり太ったベテラン看護師が、大きな声を上げた。

「やだ、先生、これ、薬の量が一ケタ多いですよ。しっかりしてください！」

この会話に私は思わず震えあがった。うちの息子を殺す気？　どうやらとんでもない日に来てしまったようだ。

「あー間違えた」と、舌を出す新人。「間違えたじゃありませんよ」と看護師。

唖然としていると、看護師は私にウインクして、「大丈夫だ。安心しろ」というサインを送ってきたので、私も負けずに大げさに肩をすくめると、ジェスチャーで「冗談じゃないぞ」と応えた。

小さな息子に、別室で吸入させていると、他の患者とのやりとりがカーテン越しに聞こえてくる。声はあの看護師だった。

「あんた、また手首切ったの？」。そう言って、患者を叱っている。次の患者はどうやら自殺未遂をしたらしい。夜間にはいろいろな人がやってくる。

しばらくすると、看護師の励ます声が聞こえてきた。最初は患者に向かって言っているのだろうと思ったが、よく聞いてみるとそれは患者に対してではなく、新人に対してだった。

「先生、大丈夫？　……しっかりしてください！」

新人のせっぱ詰まった声がする。「えーっ、うまく縫えなーい」

「しっ、だめですよ先生、そんな声出しちゃ」

どうやら人体を縫うのは初めてらしい。運針がヘタなのか、それとも玉結びができないのか。カーテンの向こう側だけに、想像が働いて余計怖い。その後、なんとか縫い終えたらしく、診察室のカーテンがシャッと開くと、その向こうから、幼いカップルが真っ青な顔をして出てきた。

付き添いの男の子までゲッソリしている。

看護師が二人に念を押す。「もう、こんなことしちゃだめよ」

こんな怖い目にあったのだ。さすがに懲りたのではないか。

二人は神妙な顔をして、私たちの横を通って、とぼとぼと出ていった。

吸入が終わると、私は寝込んでいる子どもたちを抱えて病院を出て、タクシーに戻った。

私がほっとしているのをバックミラー越しに見ると、運転手は「元気そうになって、よかったね」と言う。

街灯がポツリ、ポツリと灯っているだけで、町はまだ寝静まっていた。

運転手は、車を走らせながら、こんなことを言った。

「お母さん、今は大変だろうと思う。でも、必ず、子どもをもってよかったと思う日が来る。子どもが大きくなるのはあっという間だ。四〇歳になる頃には、うんと楽になっているよ」

二〇代の私には、四〇代なんて、遠い未来のように感じられた。両手の中にある、眠って温かくなった幼い子どもたちのぬくもりだけが確かだった。

もう運転手の顔も覚えていない。もちろん二度と会う人ではなかった。

私は四〇代、息子たちは二人とも成人した。彼の言う通り、振り返ってみると、二〇年なんてあっという間だ。

私は四〇歳を目前に、ノンフィクションライターになった。拙著二冊には、現場で働く運転手の証言が収録されている。私はあの日以来、運転手の語る人生が好きなのだ。


（『かまくら春秋』二〇一六年五月号）

体はぜんぶ知っている

在宅で看取りをする医師に、同行していたことがある。彼は「人は死に方をちゃんと知っているし、家族も送り方を知っている」と言っていた。私はそれまで、目の前で人が亡くなっていくのを見たことがなかったので、最初は、家に入れてもらっても、どうふるまったらいいいのかわからなかった。九割以上が病院で亡くなる時代だ。私と同じように、ほとんどの人が死を遠くにあるものと感じているのではないだろうか。

実際は、疼痛《とうつう》コントロールがうまくいけば、亡くなりゆく人は死を受け入れることができるし、体は死に方を知っているという。在宅の看取りでは無理な治療や延命を施さないので、人はスイッチが切れるようにではなく、潮が満ち、やがて引いていくように亡くなっていく。そして、残される家族も、引き裂かれるような悲しみを感じたとしても、見送り方を知っている。死別に耐えうるようにできているから人類は滅びない。この大きな悲嘆をいつか乗り越えられるように生まれついているのだ。部屋の隅で、何人かの臨終に立ち会わせてもらったが、亡くなる人を囲む家族と医師たちが心を合わせて看取る姿は、まるでお産のようだった。

「卵巣嚢腫《のうしゅ》です。手術したほうがいいですね」と医師に言われたのは六月の半ばのことだった。家族と一緒に詳しい説明を聞いてほしいという。普通なら夫がついてくるところだろうが、あいにく海外に赴任中だ。家族で唯一の同性だった母は二年前に亡くなった。私はちょっと考えて、もう大人なのでいい教育になるだろうと、二三歳の長男を連れていくことにした。彼は大学を卒業して二年目。やっとスーツ姿が板についてきた。

連れだって婦人科の自動ドアの前に立つ。開くとそこは待合室で、ピンクの壁に囲まれている。ところどころ天使の絵が飾られており、BGMはオルゴール。そこはかとなくバラの香りが漂ってくる。今時の産婦人科はメルヘンチックなのだ。そして、若い妊婦がずらっと並んで診察を待っている。ちらほら交ざる男性は、妊婦をいたわる夫たちだ。

長男は、待合室の様子を一瞥《いちべつ》するとあとずさりして、「オレ無理、あそこに入るの無理だわ」とかぶりを振ってつぶやいた。この子は私が大学を卒業してすぐに産んだ子だ。確かに産婦人科の待合室で、二人で並んで待っていたら、年の離れた夫婦と見えないこともない。「かあさん、オレは外で待つ」と震えているので、あ、そう。と好きにさせた。ご丁寧に柱の陰の目立たないところに陣取ると、今オレ、彼女とのＬＩＮＥのやりとりに夢中、というポーズで、かたくなに顔を上げない。

やがて名前を呼ばれ、診察室に二人で入った。医師は、私たちの顔を順番に見ると、息子に向かって「えーっと……、旦那さん？」と尋ねた。息子は、ほらやっぱり、という表情を浮かべて、「いや。息子です」と否定する。「ああ、そうだよね」と、医師が苦笑した。

医師の手元には、子宮と卵巣の絵が描かれた紙が用意されている。卵巣は、漏斗《ろうと》の形に描かれた子宮の外側に左右に二つついている。その右側の方をペンでぐるっと丸で囲むと、「ここに嚢腫があります。六センチ以上になると切ります。あなたの嚢腫も大きくなっていますので、切っておきましょう」と説明される。

「その嚢腫の中には、何が入っているんですか？」。聞くと、医師は、それを聞いてほしかったんだとばかりに身を乗り出した。「脂肪とか、あと髪の毛が入っている場合もあるんですよ」「え、髪の毛？」。説明によると、原始生殖細胞が暴走して、人間のパーツを勝手に生み出してしまうことがあるという。爪や歯ができることもあるらしい。婦人科では子宮内膜症の次に多い、ありふれた病気だそうだ。医師免許をもっていた漫画家、手塚治虫は、ピノコというキャラクターを生み出す際に、この病気を参考にしたのではないか、と彼は言った。

物書きには変人が多い。私もそれを聞いた途端に、手術の怖さよりも好奇心が先に立ってしまった。「取った部分を、見ることができますか？」。尋ねてみると、「いいですよ。じゃあ、息子さんに写真撮ってもらったら？」。私が、息子の横顔を見ると、息子は、「かんべんしてよ」という顔をして眉間に皺《しわ》を寄せた。

死んだ細胞に、生きている息子が向き合うのか。ふいに、不思議な気持ちにとらわれた。私の卵巣は、命になり損ねた細胞の残骸を抱えている。しかし私の隣には、二三年前に、同じ卵巣を通り、私の子宮からやってきた息子がいる。だめな母親のもとですくすく育ち、いつの間にか大きくなった子だ。

息子も、産んでくれと頼んだ覚えはないだろう。だが私だって、意志の力で息子を組み立てたわけではなく、命を生み出したのは、すべて母体のしわざである。「私」は産み方なんて知らなかったのだ。しかし体はぜんぶ知っていた。時が満ちると陣痛が起き、子宮口が開いた。長男は逆子だった。壮絶な苦しみの果てに、彼の意思とはまったく関係なく、産道を通ってこの世に産み落とされた。

「私」も息子も、息をさせられ、心臓を動かされている。生きるのに必要なことの、ほとんどを体が勝手にしてくれる。たとえ私がいくら死んでしまいたくとも、体は生きているだろうし、私がまだ生きたいと、いくら願っても、時が満ちれば死んでいく。そう思うと、私たちが「私」と思って後生大事にしているものには実体などなく、「私」というのは、私たちとはまったく別の都合で動いている世界がつかのま見る、短い夢のようなものなのかもしれない。

命が「私」たちとは関係のないところで生み出されたのなら、きっと死も同じなのだろう。私は死に方を知らないが、きっと体は知っている。時が来れば、陣痛のような苦しみが襲い、死が子宮口を開ける。そのとき、体は彼岸への渡り方がわかっているに違いない。この世の出口に至った瞬間、「ああ、そうだったのか」と、「私」たちは気づく。だから命のことは体にゆだね、まかせていればいいのではないだろうか。

麻酔や輸血のリスクなど、長男は真剣に医師に尋ねている。心配している息子に「大丈夫、大丈夫」と言って、いつもは撫でさせてもらえない彼の頭を、ふざけ半分でくしゃくしゃにしてやった。

入院前日。私は湯船の中で、卵巣嚢腫があるだろう下腹部に手を当てた。卵子が受精し、人が生まれてくる確率は数億分の一。受精することのなかった卵子の死も、命にとっては織り込み済みなのだ。それでも、嚢腫が捨てないでくれと泣いているような気がした。私は円を描くように撫でながら、命になり損ないの小さな死を悼んだ。

次の日、思いもよらないことが起きた。入院の手続きを済ませ、入室も済ませた私の部屋に医師がやってきた。聞くと直前の血液検査で、持病の貧血がさらに悪化しているらしく、もし手術で出血すると輸血の可能性が高くなるというのだ。リスクは避けたいと手術の中止を提案された。

そうか、切ることもできないのか。

嚢腫はまだ私の卵巣にある。下腹部をさすると、そこには現世に生きている者が覗き込むことのできない暗い海がある。体の状態が上向くまで、私は切り離すことのできない小さな「死」を下腹部に抱えながら生きていくことになる。

でも、これって、生まれたときから誰もずっと気づかないまま抱えているものと同じなんじゃないかな。そう、思うのだ。

(『新潮45』二〇一六年八月号)

世界の外側

小学生の頃、作文や読書感想文が嫌いだった。夏休みの宿題で最後に残るのが作文。夏休みの思い出を書けという課題だ。「市民プールに泳ぎに行ったことでも書けばいいじゃない」と母は言う。だが、私は思うのだ。あの市民プールだよ、わざわざ書くまでもないよね。だってみんながいつも行っているあそこだ。

周囲が既知の情報を、なぜ労力を費やし、わざわざ書かねばならないのか、さっぱりわからない。「お父さんとプールに行きました」では一行で終わってしまう。そこで、「〇〇ちゃんと、〇〇ちゃんと、〇〇ちゃんとプールに行こうと思いましたが、やっぱりやめてその日はお父さんと行きました。楽しかったです」。字数を稼いで終わり。投げやりな小学生の作文には大きな花マルに「お父さんと行けてよかったですね」と感想が添えられていた。先生も四〇人の宿題に目を通さねばならない。気の毒である。

読書感想文など理不尽の極みだ。みんな読んでるじゃん。あれだよ、きつねがいたずらをしにきたと勘違いされ鉄砲で撃たれちゃうあれ。クラス全員が読んでいるのに、なぜあえて感想を書くのか、どうしても腑に落ちない。「間違えて撃たれて、ごんがかわいそうだと思いました」。それ以外、どんな感想が出るのかよくわからなかった。

大人が子どもに文章を書かせようとするときは、注意しなくてはならない。子どもは世界の真ん中にいる。世界と自分に境界を持たず、その中に没入して生きる彼らは、言葉を忘れる。持ち時間は永遠だと感じ、それが移ろいやすく、記述しておかねばあっという間に消え失せてしまうことなど思いもしない。

小学校二年生の時、私は引っ越しをして、突然自分の周りの世界すべてを失ってしまった。田んぼの真ん中に立つ社宅から、都会の新興住宅地に連れてこられたのだ。世界の外側に立って初めて、私はどれほど自分の世界が美しく、愛しいものであったかを知るのである。

入道雲に向かって全力で走ったあぜ道。ろくぼくのてっぺんから見下ろした青い田んぼ。家にいれば誰かが「遊ぼう」と呼びに来て、飛び出したら夕方まで家になんて戻らない。当時はオカルトが流行っていて、UFOを呼ぶために田んぼの真ん中で手をつないで、「ベントラ、ベントラ……」と唱えた。つちのこを捜し、ピラミッドパワーを検証し、スプーンを曲げ、大人に内緒で秘密基地を作った。

だが、ある日突然引っ越しをすると告げられた。最後の夜、玄関のベルが鳴ったので開けると暗がりの中に友達が立っている。彼が黙って差し出したのは、虫かごに入れられた色とりどりの蝶《ちょう》。暗くなるまで採集していたのだろう。

離れるのが嫌で塞ぐ私に、「子どもは、前のことなんかすぐに忘れてしまうものよ」と母は言った。だが、私は決してこの世界への忠心を手放したりしなかった。世界の外に出てしまった今なら、きっとあの日常の美しさを書くことができる。

作文を嫌がる子どもたちには、「無理に書かなくていいよ」とこっそり耳打ちしたい。いつか世界の外側に出たときわかるだろう。カマキリの目の翡翠《ひすい》色、巣穴から引っぱり出したアリジゴクのずんぐりむっくり。傘の先から滴る雨の輝き。楽園から遠く離れて、初めて言葉が切実に必要だと気づくのだ。

（『日本経済新聞』二〇二一年七月三日）

今宵は空の旅を

コロナ禍で家に籠っているうちにすっかり不眠になってしまった。夜更けに鬱々と過ごしていると、国際線の機長をしている友人を思い出した。

連絡したら今夜は休みで家にいるという。旅の話が聞きたくてＺｏｏｍをつないだ。印象に残っているフライトの話を聞くと、「ヨーロッパ便のウィーンからパリへ向かうフライト。冬でね、雪が積もったアルプス山脈の上空を飛ぶんだ。山の斜面に夕陽が射して、一面オレンジ色になる。美しいんだよ」と言う。私は息を呑んで言葉の余韻に酔いしれた。

ロシア上空ではオーロラがよく見える。「カーテンみたいだと思ったら一条の光が一直線に宇宙から降ってきた」。彼は少し難しい顔をすると、「突然、飛行機が消えてしまうって話があるじゃない。彼らはこんな光に包まれたんじゃないかと思ったね。きれいというよりは見てはいけないものを見てしまったような気持ちになった」

それから？「ムンバイは印象深い。スラム街をかすめて降りるんだ。トタン屋根がぎっしり並んでいて、すぐ隣には高層ビル群がある。そのコントラストが、まるで黒澤映画『天国と地獄』だ」。その屋根の下にもきっとコロナで苦しんでいる人がいるのだろう。私の心はインドの上空を飛んでいた。

街のすぐ上を飛ぶといえば、メキシコシティを思い出す。赤や青や黄など、壁が原色に塗られたカラフルな街の上空すれすれを下降し、街に吸い込まれるようにして着陸する。その際、飛行機は山を避けるために旋回する。すると機体が斜めに傾き、カラフルな街が眼下に見えるのだ。街が煌《きら》めいて見えるのは空気が薄く、乾燥しているから。空気の澄んだ冬に星が一層輝いて見えるのと同じ理由だ。

日本に戻るための離陸は夜。機体が斜めに傾くと、星を地面に零《こぼ》したような街明かりが見える。

ため息とともに彼の話を聞く。漢江を挟んだ北朝鮮の暗さ、港湾のナトリウム灯で縁取られ、オレンジに光る台湾。「夏になると、日本のあちこちで上がる花火を下に見ながらフライトをするんだ」。今年は花火大会が行われるのだろうか。

南風が吹く日は神宮や国立競技場の上を飛ぶ。オリンピックゲームも行われるはずだ。

「ニューヨークもいい。そこが世界の中心と言われるけど、空から見ると掌《てのひら》に収まるほどの大きさなんだ。みな平和や幸せを願っているんだろうけど、そこでいろんなことが起きているんだろうと思ってね」。もし、神様がいるなら、そうやって我々を見おろしているのだろうか。

「いいね」とつぶやくと、「今は旅客制限があって、旅客機の客室に貨物を積んで運んでいるよ」と笑う。「お客さんを乗せたいでしょう?」と尋ねると「それはそうさ。人のいろいろな想いを乗せる仕事だからね」。

最後に無理を言って機長の挨拶をお願いしてみた。私たちはシアトル便に乗っている。

「機長です。長い洋上飛行を続けてきましたが、左手にアメリカ大陸が見えてまいりました」

客席から見えなくても操縦席からは見えるものがある。コロナ禍の終息も、そうやって朝焼けとともに見えてきてほしい。

行けない旅はどうしてこうも美しいのだろう。ようやく眠くなってきた。礼を言ってZoomを終えると、夜のしじまに雨の音が戻ってきた。

(『日本経済新聞』二〇二一年七月一〇日)

命は形を変えて

ベトナムの禅僧ティク・ナット・ハンは、愛犬を亡くして悲しむ少女にこう言った。
「空に美しい雲があるでしょう。雲はやがて見えなくなってしまう。雲さんどこへ行ったのですか。でも悲しむ必要はありません。雲は雨になり、お茶を飲む時、私たちはそこに雲を見るでしょう」。

命は変容し形を変え、失われることはないという。海を渡って彼に教えを請いに行ったが、若い私にはピンとこない。変容した別の何かでは私たちの喪失は癒やされないのではないだろうか。

先週、横浜こどもホスピス「うみとそらのおうち」の上棟式に招かれた。子どもたちはたとえ命を脅かされる病気になっても、その命の一瞬一瞬をほかの子と同じように楽しいこと、嬉しいことで満たす機会があっていいはずだ。その信念のもとに設立プロジェクトが立ち上がったのだ。そこは治療の場ではなく、子どもやその家族がその肩に背負った重荷を下ろし、我が家や友達の家のようにくつろいだり、遊んだりできる場所。きっかけはある看護師がこどもホスピス設立の願いをこめて遺贈した一億五〇〇〇万円だった。

プロジェクトに共感した人が様々な形で寄付を寄せた。

「亡くなった母の遺品にこどもホスピスの切り抜きがありました。きっと母の遺志だと思います」と振込用紙に書いて寄付をした人がいた。静岡から新潟まで自転車で走って、楽しく寄付を集めた人もいる。外資のワインの輸入業者は、こどもホスピスのことを書いたラベルを貼ったワインを製造、そのワインが飲まれるたびにそこから寄付をした。レストランでそのワインを飲んだ人がこどもホスピスのことを知り、さらに寄付やイベントに参加した。

市から土地を無償で借り、国庫に帰属した休眠預金からも助成金が支給された。地元の銀行も出資、銀行が出資しているならと街の企業も賛同した。集まった金額は三億円を超える。

代表理事の田川尚登《ひさと》さんは愛娘のはるかちゃんを六歳の時に脳腫瘍で亡くしている。彼はこう考えている。「早くに亡くなってしまう子どもはきっと何かのミッションを持って生まれてきている」。同じように早くに亡くなった子どもたちが空の上で連帯し、いい流れを作って導いてくれているのではないか、と感じることがあるという。

そしてこの七月、柱と屋根ができ、上棟式を迎えた。

工事中の建物内を見せてもらった。「ここがお風呂になる予定です」。部屋の窓からは海と空が見えた。「遊園地の正面で、夜には花火が見えるんですよ」

小児がんで子どもを亡くした遺族にアンケートを取ったところ、家族で一緒にお風呂に入りたかったと書いている人が多かった。そこでお風呂に力を入れた。光に彩られた画像を映し出す「プロジェクションマッピング」のプロジェクターをつけたいと思いクラウドファンディングを立ち上げると、目標を上回る一〇〇〇万円が集まった。

私は部屋に佇《たたず》み、花火が上がり、プロジェクションマッピングの光が映し出されるお風呂を想像した。はるかちゃんや、早くに亡くなった子どもたちがキラキラした光になって見守っている気がした。彼らが人々の心の中に生き、姿を変え、煌めく光になって降り注ぐ。

長い時間がかかってあの教えが腑に落ちる。

「禅師、その通りです」。私は小さくうなずいた。


(『日本経済新聞』二〇二一年七月一七日)

この世の通路

二年前に大きな手術をした。卵巣が大きくなってしまい取らねばならないという。卵巣の中には何が詰まっているのだろうか。聞くと、大部分は脂肪だが、時々奇形腫、つまり髪の毛や歯など余計な身体の一部ができていることもあるという。『ブラックジャック』のピノコである。医師は普段、余計なことを言わない方針らしいが、水を向けると丁寧に、ちょっと面白そうに説明してくれた。原始生殖細胞が暴走し、臓器の一部を作ってしまう。「私の身体にも何かが……」。手術の不安よりそちらのほうが気にかかる。

摘出手術が終わり、麻酔で眠っている私に「手術が終わりましたよ」と呼びかける声がする。朦朧《もうろう》としている私の前に差し出されたのは、珍味の容器のような透明カップに入れられた卵巣。オバQの頭のようにつるっとした表面に毛が二本。ぷっと吹き出しそうになったが、おなかに力が入らない。再び意識が遠のき眠ってしまった。そのあとの経過は良好。数日入院し、家に戻った。

経過観察のために再び病院へ赴き、病理解剖の結果を聞いてみた。「で、卵巣の中に何か入っていましたか?」。ついつい願ってしまう。「どうせなら面白いものが入っていますように」。すると上品で物静かな医師が、こらえきれないとばかりに表情を崩して、「脳細胞が入っていました」と言う。

「え?」。私はのけぞり、やはり不謹慎にも笑ってしまう。それが細胞の断片でしかないのは承知だ。しかし想像してしまうのだ。卵巣の中の「彼女」も何かを考えたり、夢を見たりしていたのではないかと。その夢は私と違う夢なのだろうか。

卵巣の中の「彼女」は何者なのだろう。私の細胞からできているから「私」だろうか。いや、同じ卵巣を通って生まれた息子たちは私ではない。すると彼女は私の娘か、それとも私の双子の妹だろうか。

そもそもあの小さな臓器を通ってこの世に命がやってくること自体が不思議でしかたがない。今では一八〇センチメートルを超える息子二人はあれを通って、この世に現れたのだ。

私たちはどこから来て、どこへ行くのだろう。

一年前の今頃、今度は子宮を摘出した。それが孫の誕生の時期と重なって一層いろいろなことを考えさせられた。去年いなかった人がここにいる。

小さくて柔らかな身体をそっと抱いて写真を撮る。かつて祖母も私を抱いて同じように写真に収まり、私の母も息子と写真に収まっていた。二人ともすでに鬼籍に入っている。私は新しい命を前にして、なぜか濃厚に死を意識した。

私もいつかいなくなる。祖母や母の命はどこへ行ったのだろう。そして私はどこへ行くのだろう。

「叫び」を描いた画家、ムンクはこう記している。「我々は誕生の時に、すでに死を体験している。これから我々を待ち受けているのは、人生で最も奇妙な体験、すなわち死と呼ばれる、真の誕生である。――一体、何に生まれるというのか?」。

いつも仕事場にしているカフェの前を、人々が通り過ぎるのを神妙な気持ちで眺めている。毎日同じことの繰り返しのようだが、二度と同じ日には戻れない。

我々はみなどこからか来て、そしてどこかへ過ぎゆく途中なのだ。

(『日本経済新聞』二〇二一年七月二四日)

アカレンジャー

大学の後輩である彼は飲料メーカーの工場に勤める総務部長。好きなテレビ番組はNHKの『サラメシ』だ。会社員がお昼ご飯に何を食べているかを紹介する番組で、職場の雰囲気やその人の人間性が垣間見えて面白いのだという。

単身赴任五年目の彼は、コロナ禍で社員食堂が閉鎖されたのを機に自分の昼飯を作り始める。同僚とリモートランチ会をしたのでそれを『サラメシ』に投稿すると、その様子が放映され職場が大いに盛り上がった。

そこで社内チャットに自作のお弁当を投稿し始めた。コロナ禍でリモートワークになり、みなが鬱々としている。楽しんでもらえればとアップし始めたのだ。「でもガラケーの人も多くて『いいね』のつけ方もコメントのつけ方もわからないっていうんです」。最初は数人しか投稿しなかったがコツコツ投稿をしているうちに仲間も増え、家庭菜園のなすやゴーヤをおすそ分けされるようになった。それを料理しアップする。理想的な循環が生まれた。

趣味はジョギング。毎月一〇〇キロメートルが目標で、九年間で一万三〇〇〇キロメートルを走った。「心身ともに健康になりました。コロナ禍になって体が絞れました」

実直で人格も人生も円満。会社員として五〇歳を過ぎた。円満であり続けるのは才能だ。波瀾万丈な人生を描くことが多い私は、堅実に信頼を積み上げていく人生の尊さが身に染みてわかる。当の本人はその才能をどう思っているのか。

「僕は小さい頃、戦隊もののゴレンジャーが好きでアカレンジャーになりたかったんです。特殊技能の持ち主で誰にもできないことができる、そういう人に憧れました。若い頃、このまま会社員で終わっていいのかと迷ったことがあって、ルーツを遡ったら自分のことがわかるかも、と家系図を作ってもらったこともあります」

彼は家系図に描かれた膨大な人数に感動した。「世界中の人が僕とどこかでつながっているんじゃないかと思いました。この連なりの中で言えば、僕もまた僕なりの特殊能力を持っているんじゃないかと」

彼は三〇代の半ばで人生の岐路に立たされる。労働組合の副委員長に推されたのだ。

「僕の会社では専従にならなければならないんです。ちょうど管理職試験の頃で悩みました。まるで『人生ゲーム』の分かれ道みたいでした」

働く仲間のためになればと引き受けることにした。日本だけでなく世界中の労組と連帯する刺激的な経験だった。

委員長にもなり、労働組合で働いたのは約一〇年。二〇一一年の東日本大震災では被災した工場に入った。「あの光景はつらかった」。仲間の作った製品を踏んで泥水の中を進んだ。各工場からの人や物を被災地につなぎ、現場で働く人の支援をした。だが別の工場では閉鎖にも立ち会うことになる。投げつけられた言葉を黙ってのみ込んだ。ジョギングを始めたのはこの頃だ。

そして委員長を退任し会社に戻った。会社員としての喜びも悲しみも経験し、彼は今日もお弁当を作る。得意料理はよだれ鶏。「低温調理をすると柔らかくなってうまいんですよ」

彼がいると場の空気が柔らかくなる。それが彼の得意技。「アカレンジャーですね」と言うと、「アカレンジャーです」と笑った。


（『日本経済新聞』二〇二一年七月三一日）

諦念のあと

横浜の日雇い労働者の町、寿町《ことぶきちょう》。かつて黒澤映画『天国と地獄』の地獄として描かれたこの町は今、高齢化が進み福祉の町になっている。ここで精神科医をしている鈴木伸《しん》先生は、東京大学文学部で社会学を専攻、在学中に寿町に通い始め、東大を卒業すると信州大学の医学部に入り直した経歴の持ち主。

柔和な顔に無精ひげ。そんな彼は、長年この町でアルコール依存症の治療に当たっている。

やりがいは何ですか？　と聞くと、飄々《ひょうひょう》とした口調でこんな話を聞かせてくれた。

依存症で人生がめちゃめちゃになった人が、ある日、突然覚醒したように回復することがあるという。依存症からの回復というと我慢やコントロールという言葉を連想するが。

「依存症って面白いんですよ。改心というか、悟りを開いたというか、ある日啓示が降りてきたとしか思えない回復の仕方をすることがある」

もちろん医師はサポートをするし、必要な情報も届ける。家族も患者との関わり方を変えねばならない。路上で寝ていても、会社を遅刻しても怒らず、尻ぬぐいをせず、その人の自覚に任せる。するとある日、このままではいけないと悟った患者が生まれ変わったように覚醒するのだ。それがいつ起きるのかがわからない。しかし、とにかくそれは起きる。

「七、八年ほど通院している人だったかなぁ。六〇代のおじさんがいて『俺は一生酒をやめない』と豪語していました。『本人もああ言ってるし、治らないのかな』と思うこともあったんです。ところが、ある日を境にぱたっと酒を断った。僕は今後の治療に役に立てばと彼にきっかけを聞いた。

すると『階段から落ちて怪我をした。このままじゃだめだと思った』と言うんです。

でもね、彼はそれこそ何十回、何百回と落ちてる。今までの落下と今回の落下、いったい何が違うのか聞くんですが、本人も首を捻《ひね》るばかりでわからない。まるで何かの啓示が降りてきたみたいでしょう？　面白いんですよ。依存症を手がける医師は少ないんですが、そういうのを見ちゃうとはまってしまう」

彼が師匠と仰ぐ先輩医師の言葉が印象的だ。

「回復者には後光が差してるよね」

回復とは何だろう。

「こちらが無理やり治そうとするとたいてい失敗しますね。医師が治すんじゃないんです。まず本人が今のままではだめだと自覚しないと」

現状のままの自分を諦め、しがみついていたものから手を放した時、回復は始まる。

話を聞いていると終末医療の取材で目にした「死の受容」によく似ている。亡くなりゆく人は、怒り、否認、取引、抑うつを経験しながら、やがて諦念のあとに死の受容に至る。

依存症患者もある種の諦念をくぐって、受容に至るのかもしれない。つまり一度「死ぬ」のだ。葛藤の末、ついには自分が運命をコントロールできるという考えすら手放し、違う通路から来る回復に身をゆだね、明け渡す。その先に生まれ変わりが待っている。

「スピリチュアルなことは好きじゃないし、宗教もあまり信じていない。でも思うんです。僕らの治療は宗教的な祈りに近いんじゃないかと。その人に寄り添い、啓示が降りてくる日を信じ、祈るんです」

（『日本経済新聞』二〇二一年八月七日）

献身

先日、高校生との座談会があって「作家になるために、高校生の時たくさん本を読んだのですか?」と聞かれた。

はて、そんなに熱心に本を読んだろうか。読書は好きだが、帰り道に買い食いをしたり、先生にあだ名をつけて大笑いしたりした記憶ぐらいしかない。

しかし、なぜ物書きになれたのか、心当たりならある。

私の家は裕福ではなかった。父は高卒で上京し、当初はスーツが買えず学生服で職場に通ったという苦労人だったし、母も高卒で専業主婦だ。しかし二人とも聡明な人で、お金はなかったが本だけは買ってくれた。父は本の好きな人だった。だが、自分のためには雑誌ひとつ買うことがなかった。

母は、自分は本を読むのが苦手なので、子どもは本の好きな人になってほしいと、毎晩寝る前に読み聞かせをしてくれた。私には年の離れた弟がいたので、それは私が小学校四年生になるまで続いた。毎晩である。記憶は幼稚園で定期的に購読していた『キンダーブック』から始まる。

覚えているのはやなせたかしさんの『あんぱんまん』。あれは今のような、無邪気な勧善懲悪の話ではなかった。頭がアンパンの男は、おなかのすいた旅人や、迷子の子どもに自分の肉体を差し出して食わせるのだ。怖かった。人助けとは自分の身を人に差し出す自己犠牲なのだと直感した。大人になって、やなせさんが戦争で飢餓を経験したと知り、善人はやなせさんの目の前で自己犠牲の末死んだのではないか、と思った。

『泣いた赤おに』『幸福の王子』『ああ無情』。同じ本を読み聞かせられているうちに、私は家中の本を暗唱できるようになっていた。アンデルセンもイソップもグリムも、私はページをめくる前に空《そら》で言えた。

ひょっとすると、児童文学なんてと下に見る人がいるかもしれないが、そこには人間の人生の核が描かれていて、大人の小説はそれらの無数のバリエーションにすぎない。

父は無類の映画好き。時代劇や西部劇をテレビでよく観ていた。私は父の膝の上で、黒澤明を何遍も観た。私の本の中には、時代劇が埋まっている、と思うことがある。

父も母も、勉強しろと言ったことがない。大学に行けとも、作家になれとも、本を読めとも言わなかった。同じように読み聞かせをされた弟は作家にならなかったのだから、作家にしようと目論《もくろ》んでもそうなるとは限らない。ただ毎夜母は本を読み聞かせ続けたのだ。

かつてテレビ番組で、母蜘蛛《ははぐも》が、生まれてきた子どもに体を食べられるシーンが映ったことがある。母はそれを見てしみじみとつぶやいた。「お母さんって偉いわね。死んでも子どもの役に立つんだもの」

時折、私の文章はどこから来るのだろうと考えることがある。ノンフィクションなので、私は人の話を聞くだけで、私を通ってただそれは出ていく。

母は一〇年間の闘病の末七年前に亡くなった。在宅での終末医療を描いた、拙著『エンド・オブ・ライフ』で、私は母の姿を書いた。書かれることを決して望んではいなかっただろう。だから私は時々、母蜘蛛の話を思い出す。

もうすぐ母の命日がやってくる。今年も実家の庭に白芙蓉《しろふよう》が咲いた。私が書く人になったのと白芙蓉が咲くのはよく似ている。それはどちらも母が植えたものなのだ。

（『日本経済新聞』二〇二一年八月一四日）

背中の形

家の近所にピラティス専門のジムができて通い始めた。

ピラティスというのはヨガに似ているが、怪我のリハビリなどでも用いられる運動方法で、ストレッチと体幹のトレーニングで身体をより正しく、柔軟に使えるようにするという。サッカー選手などプロアスリートたちにも取り入れられている。

トレーナーによると骨盤の位置をニュートラルに保つことが大事なのだという。ここでのニュートラルとは立位の場合、腰骨と恥骨を結ぶラインが床と垂直になる状態を言う。その位置を探すため、骨盤を前に倒したり後ろに倒したりする地味な動きを繰り返し行う。

しかしこれが難しい。自分がニュートラルだと思っていた位置はまったくニュートラルではなかったのだ。

「こう？」「それは後傾です」「じゃ、こう？」「それは前傾」。ええええっ、そうなの？　小さい頃から姿勢が悪い、悪いと言われてきた。若い頃足をよくくじき、二〇代にスキーで転倒して半月板損傷。三〇代には腰を痛め椎間板《ついかんばん》ヘルニアの大きな手術をした。どれぐらいの症状だったかというと、手術前は尿意便意がまったく感じられなくなり、寝返りも打てずに絶対安静。回診では研修医が何人も見学に来た。手術後、車いすから立ち上がると看護師たちは泣きながら拍手をした。それは『アルプスの少女ハイジ』のあの有名な「クララが立った」シーンそのもの。

不調は姿勢が原因と以後気をつけてきた。しかし、少しの歪《ゆが》みが時間の経過とともに大きくなってくる。私は反り腰で、背骨も右に傾き、肋骨が開いて前に突き出ている。バランスが悪いので始終変なところに力が入っているらしい。

私は小さい頃から背が高かった。学校に行き始めると、男子から背が高いことをからかわれた。明るく笑い飛ばしたものの、内心「これ以上背が伸びませんように」と祈っていた。特に思春期になると男の子より大きくなったら振り向いてもらえないかもと不安になり、縮こまっているうちに、うつむき気味の背の高い女性に育ってしまった。

私は誰に気に入られたかったのだろう。そんな昔のことはすっかり忘れていたのに、背中の形には当時の古い記憶が刻まれている。

しかし思い返してみると、それはもっと根が深いものではないかと思うようになった。

それは私のトラウマであって私だけのものではない。

昔、男性より背が高い女性は嫁のもらい手がないなどと平気で言われたものだ。母も背が高く、内気な母はコンプレックスを抱いていた。私の背が伸びるたびに「大きくならないといいね」「私に似ないといいね」と言ったものだ。それは世代を越えて引き継がれてしまったのだ。

いったい誰の視線を気にして私たちは縮こまっていたのか。ばかばかしい。

昔は体型でからかうことなどありふれたことだった。だが、それは、ひとりの女の子の背骨の形を決めてしまうほどのできごとなのだ。

私は立ち方の癖をほどいて、もう一度新たな立ち方を学んでいる。それにはまず偏りに気づくことだ。

背が高かろうが低かろうが、重かろうが軽かろうが、身体がのびのびといられる世の中でありますように。そう念じながら、私は今日も骨盤のニュートラルな位置を探している。

（『日本経済新聞』二〇二一年八月二一日）

幸福への意志

　母が火葬場の煙になって空に帰っていった時、喪服の父はとても小さく見えた。母の病気は神経性の難病で、手が動かなくなり、足が、そして口が動かなくなる。数年は瞼《まぶた》しか動かせず、父が在宅で全介護を担った。

　父は呂律《ろれつ》も回らず、足取りもおぼつかない。葬儀が終わるまではと頑張っていた父も、魂が抜けたようになってしまった。母は父の全生活であり、彼女の命は父の命でもあった。

　父は五歳のとき生みの母を、一二歳のとき義母を病気で亡くした。広島から東京に上京し美しい人と結婚した。幸せな家庭をつくり、子どもたちはやがて独立。これから余生を楽しもうとした矢先、今度は妻、つまり私の母が六〇代で難病を患い倒れてしまう。

「お父さん、お茶飲む?」

　火葬場の待合室で話しかけても返事がない。一気に老けてしまった。

父は三六五日二四時間、片時も休むことなく最期の日まで母の世話をした。

七年近く母の歯を磨き、毎日風呂に入れ、たまには飲みに行きたいとか、つらいとか、嫌だとか、そんな愚痴を一言も漏らさず、とうとう最期の一瞬まで父は母を介護し続けた。だから父の憔悴《しょうすい》ぶりを目の当たりにして、私たちは本気で心配した。「お父さんは、お母さんのところに行っちゃうんじゃないかしら」。何しろ父にとって母は心の支えだったから。

だが、父は数か月後、ピースボートで世界一周の旅に出た。あれから七年。今までもう三周している。この前は世界の果てからLINEを送ってきた。そこに添付された写真を見て、私たちは歓声を上げた。ナミブ砂漠に立つバオバブ、アルゼンチンの情熱的なダンス、北の海でジャンプをするザトウクジラ。最果ての地の喜望峰。そして彼は八〇代で南極に初上陸し、ペンギンとともに写真に収まった。

ところがこのコロナ禍である。とうとう世界旅行にも行けなくなった。父は今度こそ参ってしまうのではないか。私たちは再び心配した。「大丈夫だよ。健康体操に行っているから」と父は言った。「身体を動かすのはいいことだね」と、慰め半分、そんな会話をしていた。

しかし正確に言うと、それは健康体操ではなかった。私たちに内緒で社交ダンスを始めたのである。コロナ禍でもめげずにパーソナルレッスンに通っている。

父は見違えるようになった。おなかは引っ込み、背筋は伸び、身だしなみにも気を遣い、「行き帰りに歩くのがいいんだよ」とせっせと歩いている。動画を見せてもらった。性格そのままの、折り目正しく、生真面目なステップだ。

私は父の娘でよかったと思うことがある。私は自分の文章を書く時にひとつだけ決めていることがある。それは誰かをかわいそうな人と決めつけて、そう書かないこと。それはとても表層的な見方だからだ。

私は父の生き方を見るにつけ、映画『タイタニック』で主人公のローズが、愛する人亡きあと世界を旅して幸福に生きるラストシーンを思い出す。父は母の分まで幸せになろうと決めているのだろう。幸福でいるためには時に強い意志が必要だ。

数日前、父からＬＩＮＥをもらった。「合格しました」という言葉とともに、社交ダンス一級の合格証が添付してあった。

今日も父は華麗なステップを踏んでいることだろう。

（『日本経済新聞』二〇二一年八月二八日）

実習生の家

ベトナムでは鳳凰木《ほうおうぼく》に赤い花が咲くと故郷を思い出すという。それは夏休みの始まりを告げる花だ。

四年前のこの花の咲く時期、私は日本に来る前の技能実習生の取材に行った。一か月後には食品加工の仕事に就くという女性はまだ二〇歳。現地の日本語学校の校長と私と彼女で故郷の実家に向かったのだ。大都市ホーチミンから車で四〇分ほど。のどかな田園地帯にその家はあった。青々とした田んぼが広がり、稲のにおいがする。この田んぼの中に時折立っているのがヤシの木で、それがベトナムらしさを醸し出していた。

いつもは寮暮らしをしている彼女を迎えたのは、お母さん、おばさん、そしておばあさんだ。彼女には父親はなく、お母さんが一家を支えてきた。家の中には土間があり、そこに牛が二頭。犬と鶏も飼っている。

土間に寝転ぶ犬に「ちょっとどいて」と言いながら、お母さんが焼いた手羽先を持ってきてくれる。我々のために鶏をつぶしてくれたのだ。スープや春巻き、ヤシの実のジュース、ライチが、美しいクロスを敷いたテーブルに並べられている。「さあ、食べてください。どうぞ」

なんて懐かしい。夏休みに行った父の田舎がこんな感じだった。茅葺《かやぶき》屋根に五右衛門《ごえもん》風呂。かまどは薪が燃料で、夕方になると子どもたちが当番をする。風通しのいい土間には、近所の人や親戚の人がスイカを置いていったり、集まって世間話をしたりしたものだ。

私は元日本語学校の教師で、この一〇年ほど技能実習生の日本語教育の現場を見てきた。実習生といえば中国や韓国からの人が多かったが、やがてベトナム人が主流になった。ベトナムの人たちも豊かになったら来なくなるのではないだろうか。すると校長は、「まだまだ貧富の差は大きい。当分日本に来るでしょう」と言ってこの家を紹介してくれたのだ。

私は昭和四〇年代の生まれだが、小学生当時の田舎の風景からバブルの絶頂期まではあっという間だった。ホーチミンの賑《にぎ》わいとこの家を見て、ベトナムから実習生は来なくなる日も近いと確信した。

技能実習制度は労働者を使い捨てにする制度だ。つぶしのきかない日本語を覚えてでも働きに来たいという人が無尽蔵にいるとはとても思えない。早晩行き詰まるだろう。

昼食も終わり、私は家の外を散歩することにした。お母さんが貸してくれたベトナム笠を目深にかぶって外に出る。日差しが眩《まぶ》しい。ヤシの木畑を横切ると、大きな木の下に木陰があって、テーブルとイスが置いてあった。そこにおばあさんが座っていて、私を見つけると手招きをしてグラスにお茶を注いだ。

琥珀《こはく》色のお茶を飲みながら、私は語りかけたくなる。「私たちは経済的繁栄と引き換えに美しい故郷や家族とのつながりを失ってしまいました。失ったものは大きかったです」

私がお茶を飲み干すと、彼女は「わかっている」という風に、何度かうなずくと、またポットを手に取りお茶を注ごうとする。孫娘を預ける国から来た人へのもてなしだ。「それでも……」。ポットから注がれるお茶が音を立てる。「それでも孫をよろしく」と言われた気がした。私はぬるいお茶に口をつけながら、はたして日本は彼女の孫娘に富と幸福をもたせて帰すことができるだろうかと考えていた。

（『日本経済新聞』二〇二一年九月四日）

もう待たなくていい

雨の日、バスに乗ったあとでスマートフォンを家に忘れてきたことに気づいた。こんな短い時間に緊急の連絡など入ってこないだろうと思いながらも落ち着かない。手持ち無沙汰で窓に落ちる雨粒を眺めながら、若い頃はよくこんな気持ちになったものだと苦笑する。

連絡がつかないと、時々待ち合わせで会えないことがあった。もしかしたら来るかもと四〇分、五〇分と待ってしまい、雨の中でずぶ濡れになった日もある。

大学の頃は家の電話でしか連絡が取れず、つき合っていた人に電話をすると、無愛想な親が出てきて不機嫌そうな応対をされ、自分は気に入られていないのかなと落ち込んだり、それでも彼の声を聞くと幸せになったり、感情のアップダウンはまるでジェットコースターだった。スマホがなければ偶然の恵みもある。大学のラウンジや駅のホームで偶然会ったりすると、まるで宝くじにでも当たったかのような幸せを感じたものだ。

その人は文庫本にカバーをかけて持ち歩く人で、何を読んでいるのか聞いても教えてくれない。「何読んでるの?」「内緒」。同じ答えが返ってくるのを知っていても「何読んでるの?」と聞いたものだ。彼のことは意外と忘れていて、うまく思い出せないのだが、カバーのついた文庫本は、永遠の謎のまま記憶に残っている。

スマホを持つのが当たり前になり、SNSで近況がすぐにわかるようになって、みんな幸せになれたのだろうか。LINEの既読すらつかなくなったり、ブロックされたりして、恋の終わりを知るのなら、それはそれでドライにさっぱり諦められて、気持ちの切り替えも早めにできそうな気もする。スマホがない頃はそうはいかない。

先に社会人になった彼から連絡が来なくなった。電話をすると「まだ、帰っていないんですよ」と例によって無愛想なお母さんの声。こうなると、飲み会に行っている間やお風呂に入っている間も折り返してくるのではないかと気が気ではない。だが、何度か電話をしても話せず、私はようやくふられたらしいと気づくのだ。

結局、別れの言葉ひとつ残さずに去っていった彼とは、その程度の関係だったのだと諦めるまでには時間がかかり、付き合っていた頃からこうなることはわかっていたのにと自分の心の癖に気づくまでにはさらに時間が必要だった。

ところでノンフィクションは事実に基づき、そこに物語を立ち上げる作業だ。だが、それをどんなストーリーとして組み立てるかは選択である。自分の中で無意識に自動生成される物語に修正を加えたければ一度それを捨てて編み直す。失恋から立ち直るまでの心の変遷は、その仕事によく似ている。

ある寓話《ぐうわ》に、落とした針は落としてしまった場所で探すべきなのに、人は探しやすい場所でばかり探しているという話がある。人は幸福を見当違いの場所で探しがちだ。今の私なら幸福になれる場所にいただろう。彼を待たずに友達と飲みにいき、好きな服でも買いにいく。

車窓から、若い女の子が雨の中ずぶ濡れで信号待ちをしているのが見えた。どこかに別の世界があって、そこにいる私は、あの日のまま彼を待ち続けてやしまいか。ふとそんなことを想像し、私は私に言い聞かせる。「もう、待たなくていい。さあ家に帰ろう」

（『日本経済新聞』二〇二一年九月一一日）

ダイエット

ダイエットを始めたのは三年前。息子の結婚式に出るのでロングのブラックドレスをレンタルすることにした。「最近、ちょっと太っちゃって」と言うと、係の女性は、華やかな口調で手をパタパタさせてこう言った。「大丈夫、大丈夫。ウエストの絞りがないすとーんとしたドレスですから」

そこで試着してみると、全然すとーんとしていなかった。それを着た私は「巨大な黒い丸」。鏡を覗いてみて、初めてこれはまずいのではないかと思うに至った。確かに健康診断で引っかかり、糖尿病の専門医に厳しく指導された気がする。最近、階段の上り下りも息が苦しかったような……。帰ってからおそるおそる体重計に乗ってみると短期間で二〇キログラム以上の大増量。これはさすがに体に悪いのではないか。いや、体に悪いとはっきり医者に言われた。

そういえばストレスがたまると、お誕生日用の大きなケーキにスプーンをつっこんで全部食べる、という異常な行動に走っていた。これは過食症ではないか。だが食欲は人間の三大欲求のひとつ。抑えようと思えば思うほど、もっと食べてしまうことは幾度となくダイエットに挫折したのでわかっていた。そこで人の手を借りることにして、パーソナルトレーニングジムに通い始めた。

担当してくれたのはホープジムの吉田慎さん。この人、几帳面《きちょうめん》で腕がよく、冗談も面白い。彼の後輩に言わせると、「小さい頃遊んでくれた近所のお兄ちゃんみたい」。言い得て妙である。「そんなんじゃ吉田沙保里《さおり》選手に勝てませんよ」と、いつの間にか霊長類最強のアスリートと闘うことになっていた。

とりわけ感謝しているのは、「できる、できる」と掛け声をかけてくれたことだ。限界だと思ってからあと一回重量を上げる。悶絶《もんぜつ》していると、聞こえてくるのは、「できる、できる」。最初は二キロ、四キロのダンベルだったのが、やがて七〇キロ、八〇キロのバーベルが扱えるようになった。「できないと思ったらできないでしょう?」と言う。

動けるようになると、日々体が変わってくる。朝ベッドから起きると、別の人の体に入れ替わっているような気がした。新しい体は居心地がよかった。ほかの人はこんなにすがすがしく毎日を生きていたのか、と感動した。毎日栄養バランスを考えて献立を作り、おかげで便秘知らずだ。

そうやって体を大切にしているうちに、今度は体の方から支えてくれるようになった。ある日、看護師の友人から連絡があり、私は彼の依頼で、彼が家で看取られるまでを取材して本を書くことになる。

「できないよ」と弱気になるとき、感情が不安定になりそうなときは筋トレである。重量を上げるとき、私は「託された想い」もホールドしている。「もう、無理」と思う時には例のマントラが心の中で聞こえてくる。「できる、できる、できる」

もうダイエットはしていない。バランスのいい食事も、毎日の運動も生活習慣になった。吉田沙保里さん引退後、闘う相手はその都度変わる。先日は横浜郊外で逃げ出して大騒ぎになった大蛇。「そんなんじゃ蛇に勝てませんよ」

体重は最大値から二二キロ減。でもそれはオマケだ。世の中が騒がしい時に自分の体に戻れるのがありがたい。文章は体で書くのだ。

（『日本経済新聞』二〇二一年九月一八日）

弔いの効用

人の死に関するノンフィクションを何冊か書いたが、そのたびに、やはり葬儀というのはとても大切な行事だと思う。イランの洞窟でネアンデルタール人の化石とともにヤグルマギクの花粉が見つかり、彼らも死者に花を供えたのではないか、と言われている。仲間の死を悼む機会は本質的に必要なものなのだ。

葬儀は単に悲しみを表出する場だけではなく、別の効用もあるのだと知ったのは中学生の頃、母方の祖父が病気で亡くなった時のことだ。

祖父の遺体が家に戻ってきて、母の兄妹も「お父さん、お父さん」とおいおい泣いた。夜、お経をあげにきたお坊さんをうやうやしく迎える。お香の匂いが立ち込め、お坊さんが低くうなると、その読経の声に混ざってあちこちからすすり泣きが聞こえてきた。いつもは賑やかな母やその姉、妹も涙にくれている。

しかし、しばらく経つと、少し年上のませたいとこが私のひじをつついて、あごをしゃくって耳打ちをする。「お坊さんの頭ににこにこマークが……」

よく見るとお坊さんの後ろ頭と首の間に横一線の深い皺ができている。それがお経を唱えるたびににこにこと笑っているように見えるのだ。「なーんみょうほーれん」。お経に合わせて「にこにこマーク」がパクパクする。こんなところで笑うわけにはいかない。絶対に笑ってはいけない。だが、いけない、いけないと思うほど「にこにこマーク」がこれでもかというほど目の前でパクパク。「こら、いい加減にしなさい」といとこの母親が注意する。みながしんとなった次の瞬間、「ブッ」とあちこちで吹き出す音が聞こえ、大爆笑が起こった。「すみません」と叔母が謝るが、もうツボに入ってしまい、みな泣きながら笑っていた。

悲しみは依然としてそこにある。だが、人はどんなに悲しくても、お喋《しゃべ》りはするし、おなかもすく。声を立てて大笑いできる。どんなに大切な人を失っても一緒に死んだりしないように作られているのだ。だから人類は絶滅せずに生き延びてきた。それはまだ人生経験の浅い私にとって大発見だった。

夜が更けてくると、叔母たちは棺《ひつぎ》の前に毛布を持ってきて、それにくるまって夜通しぼそぼそと話し続ける。近所の噂《うわさ》話、憧れの男の子の最悪の結婚、そして祖父がいかに真面目で堅物で働きづめだったか。

祖父の死が次第に現実になっていくのが不思議だった。ふいに母がこんな思い出話をする。「そういえば、お父さん、給料袋をエレベーターですられたことあったわよね。あれは大変だったわ」。すると一番下の叔母がこう言った。

「あれ、違うのよ。私知ってる。お父さん競馬に全部つっこんで負けちゃったのよ」

母は「ええっ？」と驚きながら口を押えた。みなで棺に横たわる祖父の遺体をのぞき込む。

大きな体のちょっと怖い祖父だった。近寄りがたかったのだ。でも、その話を聞いた後は少し恥ずかしそうに首をすくめて笑っているような気がした。母は涙ぐみながら微笑んだ。

「お父さん。やるじゃないの」

悲しみが緩んで和らいだ瞬間だった。あの後、何年経っても思い出すのは悲しみよりも、あの時のみなの笑顔だ。葬儀で私たちはもう一度死者と出会い直しているのかもしれない。

（『日本経済新聞』二〇二一年九月二五日）

ハノイの女たち

二〇一八年。技能実習生の取材に訪れた私はハノイの街角で小柄な女性の背中を追いかけて歩いていた。黒髪をパツンと切りそろえたボブに、赤い口紅。湯上がりに着るようなラフなワンピースを着て外股で歩いていく。洗練されているとは言いがたい歩きっぷりだが、斜めにかけているのは黒いシャネルのハンドバッグ。彼女は技能実習生として来日して縫製の仕事をし、ベトナムに戻ると今度は同胞の「送り出し機関」で働き始めて成功した。シャネルは勲章だ。

旧宗主国フランスの香りが残る市街地には、洋服を山のように積んだ洋品店や、昔ながらの漢方薬局、カフェなどが立ち並び、その前をベトナム式の麦わら帽をかぶった行商が行き過ぎる。路地には小鳥を入れた竹製の鳥かごが吊るされ、子どもたちが歓声を上げながら走り抜けていく。

この女性にインタビューをしたがガードが固く、差しさわりのない返事しか戻ってこない。しかも愛想もなくそっけないのだ。だが三〇歳を過ぎてから日本に働きに行き、語学力をつけて帰ってきた、その度胸と努力を聞くだけでも、彼女の逞しさがわかる。夜になると、外国人ばかりのバーの特等席に私を招いてくれた。バルコニーから街を見下ろす。バイクで走る若者たちや子ども向けの光るおもちゃ、屋台の明かりが見えて、私はなぜか沢田研二の歌う『TOKIO』の歌詞を思い出していた。〈海に浮かんだ光の泡だとおまえは言ってたね〉。皆が未来に希望を持てたあの頃の日本の雰囲気をこの街は纏《まと》っている。「日本に何度でも実習に行きたい。いくらでも残業できる」と彼女は言った。

次の日は、ハノイ郊外の日本語学校に見学に行き、若いベトナム人教師たちと昼にフォーを食べに行くことにした。ヘルメットを渡され、原付きバイクの後ろに乗れという。白い開襟シャツの細いウエストに遠慮がちに手を回すと、「しっかりつかまって」と注意された。埃《ほこり》っぽい風をまともに浴びながら、田舎道を疾走した。風に紛れて前から声がする。「バイクで何が一番楽しいと思う?」。しばらくして、彼女の声。「恋人と一緒に乗る時」。耳がくすぐったくなった。彼女は快活に笑う。

彼女も元実習生。ベトナムでは女性が強く、気持ちがいいほどの野心を持っている。彼女たちにはかなわない。

そして最後の夜は日本人女性を訪ねた。私と同じ世代。送り出し機関に勤めている。「日本の行く末を外から眺めてみたくてね」と言う。娘を夫に託し離婚。単身ハノイに渡り、働いている。すっかり意気投合して、私が私生活の悩みを漏らすとこう言った。「涼子さん、私ね、離婚した時、こう思ったの。『よし、一〇年後、今より絶対に幸せになっていよう』って」。そして涼しげな笑顔をたたえてこう言った。「ちゃんとそうなったわ」。女性たちがあまりに魅力的だったので、私はハノイが好きになった。

最近、その人は日本に戻る決意をした。「日本が実習生を安い労働力だと思っているなら、私はベトナムからの実習生はあと数年で来なくなると思うの」。彼女は中国、韓国から実習生が来なくなった歴史を知っている。実習生は日本の隅々まで浸透し約三八万人が働く。彼らはいつまで来てくれるのか。

「日本はどうなっちゃうんだろうって思うわ」。私は深くうなずいた。

（『日本経済新聞』二〇二一年一〇月二一日）

未来は未定

タイムマシンに乗って過去の私に会いにいき、「あなたは四〇代でノンフィクションライターとしてデビューします」と告げても、絶対に信じないだろう。

若い頃わけあって赤貧だった。住んでいたのは築四〇年の団地。ある日玄関ドアを開けると人のよさそうなおじいさんとおばあさんがいた。まったく知らない人だった。「最近どうですか？」とニコニコしながら聞くので、宗教の勧誘をされるのだろうか、あるいは羽根布団の機能性について語るのだろうかと身を固くしていると、アンパン三つ、ヤクルト三本を置いて帰っていった。「あれは何だったんだろう？」と、しばらく考えた。ネットのない時代で調べようがなかったのだが、彼らは「ミンセイイイン」と名乗った。地域の篤志家で、困っている人を訪問している人（民生委員）だと知ったのはしばらく経ってからだ。誰かが私の家のことを彼らに通報したのだろう。

洋服も買えず、髪も切りに行けず、疲れ切った顔をして子育てをしていた。大学の頃は、そんな未来が待っているなんて思いもしなかった。

何か取れる資格はないかと思って、藁《わら》にもすがる気持ちで日本語教師の資格を取ったが、教えることは向いていなかった。レジ打ちの仕事もしたが、小さい頃から算数が苦手でおつりを間違える。次は間違えまいと、緊張で倒れそうになった。次のバイト先は駅のコンコースの洋品店。リアルに描かれたライオンが「ガオーッ」と唸っているラメ入りセーターを身体に当てたおばちゃんに、「似合う?」と聞かれて、どうしてもお世辞が言えなかった。販売員の中で売り上げ最下位。辞めざるを得ない。

これでは生活できないと、意を決してライターズスクールへ。しかし四〇直前の主婦に入学を勧められたのは「街を歩いてエッセイを書こう」講座。そこで知り合った友人の紹介で編集プロダクションに行けば、原稿は書かせてもらえず旅行誌の巻末の電話帳の番号が間違えていないか延々と電話して確認する仕事だった。時給にすると約四〇〇円。

途方に暮れていると、ライターズスクールに出版プロデューサーの人がゲスト講師に来ていた。彼は言う。「誰でも一生に一冊は本を書ける」。真に受けて、日本語学校時代の面白いエピソードをまとめたライトエッセイを書き、それが出版される。ようやく認められて新宿歌舞伎町駆け込み寺でメールマガジン発行の仕事を得た。

駆け込み寺の代表は玄秀盛《げんひでもり》さん。DVや借金の取り立てから逃げてきた人などが助けを求めに来た。私はその人たちに対する玄さんのアドバイスをまとめてメールマガジンにして発行した。ほかの人が立ち直るのを書きながら、私も人生を必死で立て直していたのだ。

そんな私に声をかけてくれたのがノンフィクションの編集者だ。取材に行きたいが交通費がない。彼はポケットマネーから六万円を貸してくれた。それを元手に書いた本がノンフィクション作家の登竜門、開高健ノンフィクション賞に選ばれて、私はこうやって仕事をしている。

現実はあらぬ方向へと転がり続け、運命は思いもよらないカードを配る。未来は予測不能だ。そしてパンデミックに遭遇した。次は宇宙人に遭遇するかもしれない。なら見てやろうと思うではないか。現実でだって、あっと驚くどんでん返しが書けるのだ。

（『日本経済新聞』二〇二一年一〇月九日）

いつもの美容師さん

お世話になった美容師さん、エノキさんがほかの店に移るという。五年間お世話になったのでちょっとショックだ。いなくなるなんて思わなかったので不意打ちである。思えばエノキさんが私の髪を定期的にカットしてくれた年月、実にいろいろなことがあった。

二人の息子が結婚し、式のために髪の毛をセットしてもらった。友人が亡くなるまでを描いた『エンド・オブ・ライフ』を取材中、動揺する心を抱えて、何度もあの美容室の椅子に座った。

文学賞をいただいた時も髪をセットしてもらった。贈賞式の当日、スピーチをしなければならなくて、体がガチガチになっていても、少し雑談すれば緊張がほぐれたものだ。具合が悪くなった時にも髪を切る。入院する前にも、退院したあとも真っ先に向かうところ。そこが美容院なのだ。エノキさんは、私の人生の証人である。

シャンプーをしてもらいながら今度ジムに通うのだという話をし、髪を切ってもらうたびに、「痩せましたね」「筋肉つきましたね」と変化に気づいてくれた。エノキさんのところに男の子が二人生まれ、立った、歩いた、合体ロボに興味が出た、という連続ドラマを聞くのも楽しい。

家族でもなく、友人でもない、仕事相手でもない、利害関係の発生しない距離。そういうところにいる人は、年々大事になってくるような気がする。

私の仕事は、ムーミンの友達、吟遊詩人のスナフキンのように、街々を渡り歩き、そこにいる人とつかのま出会い、そして別れること。

かつて東日本大震災の被災地で取材をしたことがある。そこでたくさんの人に話を聞くのだが、不思議に思うことがあった。周囲の人が津波に流される中、必死に生き残ったあの三月一一日のできごとを、「妻にも、友達にも、話したことがありませんでした」と聞かせてくれる人がいた。なぜ、私に話してくれるのだろうと、不思議でしかたがなかった。マザーテレサみたいに手を握って話を聞くわけでもないし、何か気の利いたことを言うわけでもない。終末医療の取材では、亡くなりゆく人が、私にだけ胸の内を明かすこともあった。今ならわかる気がする。近くにいる人に言えばその人にも苦しみを背負わせてしまう。

でも通り過ぎる他人なら、言葉を託しても気が楽だ。たぶん彼らは私を通して、何か別のもっと大きなものと対話をしているのではないか。

街にはそういう距離の人がいる。飲み屋の店主、タクシーの運転手、かかりつけの医師に看護師、ジムのトレーナー。

私もまた、端役として誰かの人生にほんの一瞬登場して消える映画のエキストラのようなものだが、そんな存在も悪くない。そのシーンの中でひと言でもあれば、それは重要な役どころだ。

家族と別れたり、仕事が変わったりしたときも無数の緩いつながりが、私を支えてくれている。

エノキさんも新しい場所で、世間話を聞きながら、そのハサミを振るうのだろう。顔についた髪を払ってもらい、お金を払い、いつものように店を出る。見送られ振り返ると、エノキさんは笑顔で頭を下げた。私も笑顔で礼を言って夕暮れの街に足を進めた。

（『日本経済新聞』二〇二一年一〇月一六日）

夜明けを待つ

歳を取るごとに、この世の中は私たちの目に見えない形でつながっていると感じることが多くなる。

先日驚いたのは中華料理店での再会だった。どこかで会った人がいる。「あーっ」と言いながら指をさし合ってしまった。でも、誰だったかがどうしても思い出せない。「えーっと誰だっけ」「誰だっけ」とお互いに連呼し、しばらくして彼のほうが思い出してくれた。彼は大学の同窓生。キャンパスの近くの司法試験予備校で知り合った。

当時私はスキーのサークルに所属していたが、滑走中に大転倒し運動ができなくなっていた。そこでやけになって合宿代をつぎ込み、気まぐれに予備校に通い出したのだ。そこで出会ったのが彼だ。

バンドを組んでいるとかで、いつも黒い服を着て、クラスの一番前で熱心に講義を聞いていた。予備校だったのでさほど話をしたわけではない。大学を卒業した後、彼がどうしていたのかも知らなかった。

その後、私は結婚して専業主婦に。だが彼は司法試験に合格し、弁護士になっていた。彼の名前は児玉晃一《こだまこういち》。かれこれ三〇年近く入管収容問題を扱っている。入管とは、スリランカ人のウィシュマさんが亡くなった、あの外国人強制収容施設のことである。

それから私は、彼の半生を、ぽつり、ぽつりと聞くことになった。

児玉さんは弁護士になったばかりの頃、あるイラン人の少女と知り合ったそうだ。少女は当時一〇歳。イランに住んでいる時、公の場で大人がやっていることを批判したら、体制批判と受け取られ、一家が秘密警察につけ狙われることになった。身の危険を感じた一家は観光ビザで日本に逃げてきたのだという。

しかし日本では、更に過酷な状況が待っていた。

当時の入管は非正規滞在者であれば、乳児から老人まで収容した。少女も収容され、運動場もない狭い雑居房の中に閉じ込められた。もちろん学校に通えないし、友達もいない。シャワーも週に数回だけだった。幼い弟は、水商売をしていた収容者に卑猥《ひわい》な言葉を投げかけられ、からかわれた。少女のお母さんは、「命の危険があってもイランの方がまし」と、泣いたという。

彼らはようやく仮放免で外に出されたが、再び出頭を命じられた。

児玉さんは、少女に投げかけられた言葉が忘れられない。「私たちを助けてくれるの？」結局、彼らの難民申請は認められず、国連難民高等弁務官の手助けで少女たち一家はその後、ノルウェーに渡った。

児玉さんは、今も手弁当で入管収容問題に関わり続けている。タリバンから逃れてきたのに、テロリストと間違えられて収容されたアフガニスタン人。簀《す》巻《ま》きにされ、首を折って死んだイラン人。「死んでしまう！　死んでしまう！」と断末魔の叫びを上げながら放置されて死んでいったカメルーン人。

それでも希望はある。入管法改正は市民たちの反対で廃案になり、そして、今回難民認定を求めていたスリランカ人がチャーター機で強制送還された事件で高裁の違憲判決を勝ち取った。

そこまで三〇年。彼は夜明けを待っている。

あの少女からの連絡は途絶えた。しかし電話が来るのではないかと、児玉さんは、今でも時々スマホを眺めてしまうのだ。


（「日本経済新聞」二〇二一年一〇月二三日）

痛みの戒め

三〇代の頃、引っ越しで無理をして椎間板ヘルニアになった。広島から新居のある横浜まで車いすに乗ったまま移動し、病院に直行。ヘルニアの権威だという医師が、「こんな大きなヘルニア見たことがない！」と驚き、何人もの研修医を引き連れて回診にやってくるような状況だった。

神経を傷つける恐れがあるので、寝返りすら打てずベッドに磔《はりつけ》である。トイレにも行けないが、そもそも麻痺してしまい尿意も便意も感じない。回診の折には、お尻の穴に指をつっ込まれて、「ここ感じますか?」「これはどうですか?」と尋ねられている姿を、若い研修医たちに覗き込まれるといったシュールな体験もした。しかし恥ずかしがっている余裕はない。

看護師によると、これは数ある病気の中でもとりわけ痛い病気だそうで、ある日の私は

「これ以上眠れないと、衰弱して死んでしまう」と言われ「牛が眠るほどの麻酔」を打たれて失神するようにして眠った。

でも相部屋にはいろんな患者がいた。寝ているだけで背骨が折れてしまうという高齢の婦人は優しい人で、自分だって大変なのに、私たちをユーモアで励ましてくれる。

春の夜、お吸い物に桜の形の麩《ふ》が浮かんでいた。すると彼女は病室の人たちに向かって、「みんなで想像のお花見をしましょう」と呼びかける。「あら、いいわね」と別の人。私たちは、みなで想像上のお花見をした。「お花がきれいね」「そうね」と患者たち。その日の夜、どこかで散る桜を想像しながら眠りについた。あの夜のお花見は、どんな年より記憶に残っている。

看護師の苦労も見てきた。隣のベッドの老婦人は転んで骨折して入院したのだが、認知症があってふらふらと出歩き、転んでは看護師に抱き上げられる。日曜日の晩も、私たちが動物番組を見ながらご飯を食べていると老婦人が看護師に抱えられながら戻ってきた。看護師さんは「よいしょ」と気合を入れて、老婦人をベッドに移す。

老婦人がベッドで尋ねた。「どうして泣いているの?」。するとこちらに後ろ姿を向けた看護師さんは独り言のように「そうねぇ、仕事ばっかりで夜勤も多くて、彼氏とデートできずに別れちゃったからかしらねぇ」と言う。彼女はフラれたばかりだった。

老婦人の目の先には、テレビに映ったゴマフアザラシが目をウルウルさせながらキュウキュウ鳴いていた。

医師は腕利きだった。背中を一五センチ開いて行われた手術は成功し、その後けろっと痛みが消えた。車いすから立ち上がった時には、看護師が拍手し涙を流して喜んでくれた。その時初めて、私の病状が思ったより深刻だったと知るのである。

その時驚いたことがある。前日まであれほど苦しんだ痛みを私は思い出せないのだ。身体はそうできているらしい。だしぬけに悲しくなった。自分の痛みすら思い出せないのに他人の痛みや苦しみをわかるはずがないではないか。この絶対的な孤独の中で私たちは生きている。その時まで、どこかで私は他人の気持ちがわかると思っていた。だが、それは傲慢な考えだった。

退院の日、病室の皆が「もう、帰ってこないようにね」と笑顔で送ってくれた。

私は他人を描く仕事をしている。調子に乗っている時が危ない。「さもわかった風に書くなよ、佐々」と、今もあの日の私が私を戒める。

（『日本経済新聞』二〇二一年一〇月三〇日）

柿の色

今年も釜石から宅配便が来た。段ボールのふたを開けると、大ぶりの柿が並んでいる。秋も深まり、初霜の降りる頃毎年届く甲子柿《かっしがき》である。普通の柿より色が濃く、落下寸前の夕陽の色をしている。

なぜこんな色なのか。それは渋柿を石造りの室《むろ》に入れて一週間、煙で燻《いぶ》して渋を抜いているからで、この製法は甲子地区にしかないそうだ。

燃えるような赤い色が目に沁みる。私はこれを見るたびにどういうわけか、子どものように泣きたくなる。この気持ちは何なのだろう。そんなことをSNSに書いたら、ある人から「わかる気がします」と書き込みがあった。その人の言葉はこうだ。「小さいときに見上げていた、夕方チャイムが鳴る頃の空の色、にじむ太陽の色に似ている気がします」

私にも似たような記憶がある。日没の早くなったこの時期、日暮れまで遊んでいると、あっという間に暗くなる。「じゃあね」と別れるあの切なさと家の恋しさを、この色を見ると思い出すのかもしれない。そういえば子どもたちがまだ赤ん坊の頃、夕暮れになるとなぜかぐずった。夕暮れ時の空の色は人の心を切なくさせる何かがあるのかもしれない。

だが、もうひとつ。この切なさの原因には心当たりがあった。毎年、柿を送ってくれるのは桑畑《くわはた》書店の桑畑眞一さんである。桑畑書店は東日本大震災から立ち上がった「復興の書店」なのだ。

桑畑書店は一九三五年の創業。イベントスペースまで備えた、地域で一番大きな書店だった。しかしあの日、約七メートルの大津波がこの店舗を襲う。幸いにして桑畑さんと従業員は無事だったが、一瞬にして約五万冊の本と店舗を失った。

当時人々は、心と生活を立て直すために切実に本を必要としていた。そこで彼はがれきの中から見つかった顧客名簿をもとに自転車で顧客のもとを回り、配達を始める。そうやって桑畑さんは、本と読者を繋《つな》いできたのだ。そして仮設店舗から書店を再興していく。

今と同じように寒い時期、仮設店舗を訪れたことがある。底冷えのするプレハブの店でストーブに当たりながら、私は桑畑さんにチョコレートとお茶をふるまってもらった。

当時私は被災した製紙会社の復興を描いた『紙つなげ！　彼らが本の紙を造っている』を上梓《じょうし》したばかりだった。その本の取材で、私たちの仕事は、紙を造る人やインクを造る人、印刷する人、物流を担う人など大勢の人たちによって支えられていることを知るのである。そしてこの釜石でも、桑畑書店が私の本を売ってくれている。

新店舗が開店した時もお祝いに行った。そこで桑畑さんが頑張っている姿を見て、私も頑張らねばと奮い立ったのである。

この二年、コロナ禍で行けていない釜石から、「今年は大きくて甘いそうです」という言葉とともに今年も柿が届いた。

柿は柔らかく、そっと四つに切って口に入れるとたちまち溶けていく。

書かなきゃと思う。面白いものを、人が手に汗を握るものを、夢中になって時を忘れるものを。あの書店に置いてもらうために頑張らねば。

そう思える自分はなんて幸せなんだろうと思い、やっぱり泣けてしまうのだ。

（『日本経済新聞』二〇二一年一一月六日）

冬眠

ベランダで亀を飼っている。クサガメだ。ずっとオスだと思っていたのだが、去年卵を産んで初めておばさんだと判明した。名前は「ぱち」。広島に住んでいた頃、子どもが八《や》幡《はた》川で拾ってきたのでこう名づけた。本当は野生動物を拾ってきてはいけないのかもしれないが、息子たちが小学生の時分に連れてきて、もうかれこれ二〇年以上のつき合いになる。

大きなプラスチックの衣装ケースに水を張って、そこで飼っている。ぱちはとても人なつっこい。私たちを見つけると、ひなたぼっこ用の「島」から律儀に、ぽちゃんと音をさせて降りてきて、手足をばたばたさせながら、のどを膨らませて近づいてくる。目はにこにこ笑っているようであり、非常に愛嬌《あいきょう》がある。

亀はひなたぼっこをすることで体温を上げたり、体内にビタミンDを合成したりするそうだ。だが、そのせいで甲羅には徐々に苔《こけ》がついてしまう。そこで時々歯ブラシでこすり取ってあげるのだが、痛くないようにそっと磨くと、口を開けて「あ〜〜〜っ」という顔をする。その表情は、背中をかいてもらっているおばさんそのものである。いったん手を止めると口を閉じる。そしてまたゴシゴシすると、「あ〜〜」という顔になる。気持ちがいいのか、くすぐったいのか、ちょっとそこらへんはわからない。

広島に住んでいた時代に、超大型の台風が来たら、ものすごい勢いで衣装ケースから飛び出してきたことがあった。いつもは水の中でのんびりしたり、島に上陸してひなたぼっこをしたりしているので、その跳躍力に驚いた。亀は飛ぶのである。

さらに驚いたことがある。亀は意外と足が速い。「うさぎとかめ」の童話ですっかり足の遅いイメージがついてしまったが、衣装箱を掃除中にちょっとお風呂場に置いておくと、さささささささ、とまたたく間に隅っこに逃げていく。あの足さばきの見事なことと言ったら。たいしたものである。

水が多少濁っても、旅行で二、三日餌をあげなくても、かまってあげなくても、ちゃんと元気で生きている。亀が長寿で縁起のいい生き物として、世界中で愛される理由である。そんな亀も寒くなると、だんだん動きが鈍くなって餌を食べなくなる。そして秋が深まり紅葉した葉が落ちる頃、彼らは長い眠りにつく。冬眠である。

毎年衣装ケースをきれいに掃除して、水を深く張り、水苔を敷き詰め暗くして、日光の当たらない暗い場所に置いておく。すると水底に潜り、春になるまで眠るのだ。

不思議だった。仮に死ぬのである。その間の命はどうなっているのだろう。夢を見るのか、どんな夢なのか。

毎年、冷たい水に手を赤くしながら、冬眠の準備をしつつ、私は話しかける。「ぱちはいいね、冬眠できて」。もっとも冬に寝てしまうと雪も見られない。クリスマスも、年末年始も正月も知らないのか。

ぱちが我が家に来た頃、家族がたくさんいた。あれから母を喪《うしな》い、長男も次男も結婚し独立、そして夫が海外に赴任し、今年の冬、私は初めて独り暮らしをする。自由気ままだが、人恋しい冬はいっそ一緒に眠りたい。

「春には起きておいで」。冷たい水にぱちを放すと、するすると潜っていってしまった。冬はすぐそこだ。

（『日本経済新聞』二〇二一年一一月一三日）

ひろちゃん

小さい頃、母の実家に預けられていたことがある。そこで私の遊び相手になってくれたのが伯母のひろちゃんだ。結婚も仕事もしておらず家でぶらぶらしていた。ぷっくりと太っていて、いつもニコニコしている。「涼子ちゃんの目はお父さんに似ている。口はお母さんかな」と、毎日のように天真爛漫《てんしんらんまん》に言う。ちょっと『裸の大将放浪記』の山下清みたいだった。病気で仕事にも就けず、結婚もできず、バスも電車も乗れないと聞いていて、社会から外れたひろちゃんと、両親からはぐれた私は、昼間から再放送の時代劇などを見て過ごした。

東京、中野にあった母の実家は、日照権を無視した隣家の影で朝から晩まで真っ暗だった。パラパラパラというトタン屋根に何かが当たる音で目が覚める。雨音のようだが、雀《すずめ》が降りてくる音で、見上げると細長くて青い空が見えた。

おやつの時間にはひろちゃんがカンロ飴をくれる。子どもの口には大きすぎて、口の中が痛くなる。それでも私はわがまま言うことなく、無言で大きな飴玉を口に含んだ。

小さい頃、私は今よりずっと利口で聞き分けがよかった。行く場所のない私たちは買い物に行き、デパートの屋上で何をするでもなく過ごした。私は無口、ひろちゃんには話題がない。だから「涼子ちゃんは目がお父さん、鼻と口はお母さんに似てるわね」。

私は成長し、三年生で横浜の小学校に転校した。牧歌的な田舎町と違い、横浜は荒れていた。初日ゆっくり給食を食べていたら、ほかの子たちがあっという間に食べ終わって、机を下げ、食べている私の周りをわざと埃を立てて箒《ほうき》で掃除し始めた。「グズ」と言われショックだった。女性教師は、ヒステリックな金切り声で始終何かしら怒っている。物もしょっちゅうなくなった。次第に適応するようになる。粗い言葉で罵ったり、押されたら押し返したりして、自分の身を守った。

家の近所には、精神科の大きな病院があった。山の上に建てられていたので、子どもたちは隠語で「山の上」と呼んでいた。「くるくるパー。山の上に行け」「バカじゃないの。山の上に入院しろ」。子どもたちは無邪気に差別用語を連発した。まだ、精神科の病気に理解のない頃だった。そのやりとりを聞いた時には、びっくりした。そんなことを言うべきじゃない。だが、子どもたちの世界は残酷だ。転校生がいじめられないためには、やられたらやり返すしかない。「山の上に行け」という男子に「お前が山の上に入院しろ」と言い返した。そのうち、なんとも思わなくなった。もしかしたら母親の前でもそんな言葉遣いをしたかもしれない。私は差別的な言葉を言い放つ子だった。

母はどんな思いでそれを聞いていただろう。あれは、私が成人し、二人目の子を身ごもっている時だ。ひろちゃんががんになった。精神的な病も悪化して叫び出したりするので、彼女が若い頃入院していた精神科に戻ることになったという。

入院していたことなど初耳だった。母は苦しげに言う。「うちの近所の山の上の病院よ」と。嵐の夜、閉鎖病棟で彼女は誰にも看取られず、ひっそり亡くなった。

誰かの加害を責めたくなる時、私は私の間違いを思い起こす。そして、あのひろちゃんの口癖を思い出すのだ。

「目はお父さんに似ているね。鼻と口は……」

（『日本経済新聞』二〇二一年一一月二〇日）

和製フォレスト・ガンプ

友人に聞いた、こんな話が好きだ。

「僕の友人に、すごく不思議な人がいるんです。僕はあんまりスピリチュアルなことを信じないけど、この人はちょっと普通じゃないなと」

その人の名はトガシ君。友人の元同僚で、彼の行く先々で不思議なことが起きる。まずトガシ君はくじ運がいい。なぜかいろいろなものが当たる。海外旅行も複数回当てているのだが、福引で当てたニューヨーク・フロリダ旅行の際には、電車の向いに座っていた老婆が彼を見て手を合わせたそうだ。「トガシ君はそんなにありがたい顔つきなんですか?」と聞くと、友人は首をかしげながら、「さあ、見える人には見えるのかもしれません。僕には普通のいい人にしか見えないのですが」。

トガシ君も不思議に思った。

そこで彼は電車から降りる時、「どうして手を合わせたんですか？」と聞いた。すると、「光が見えたから」と言う。それっていわゆる後光というものだろうか？　彼は三人から、過去世《かこぜ》は僧侶だったと言われたそうだ。二人にはチベットの僧侶だったと言われ、あとの一人は前世のトガシ君は象に乗っていて、後ろから大勢の人がついてくるビジョンが見えたという。

会社を辞めて世界旅行に出た話も荒唐無稽だ。「一九八五年のつくば万博の時、一五年後の自分に宛てて書いた手紙が二〇〇一年に届いたんです。〇二年に世界旅行に行くと」。これは行かねばと彼は仕事を辞めて、世界旅行に出発し、さらに八〇日間歩いて台湾一周の旅に出る。なぜかスポンサーがつき、人づてに聞きつけたテレビ局の人が全台湾に彼の旅行をテレビ中継した。日ごとに彼の後ろを歩く人が増え、その様子をマスコミがこう表現した。「日本のフォレスト・ガンプ」

その後、日本に戻ったが今度は結婚して再び台湾に移住する。当時、二歳だった息子が地球儀の紙ふうせんで遊んでいて、突然こんなことを言い始めた。「ここへ行く、ここへ行く！」。それはニュージーランドだった。

「お父さんお仕事もないし、無理だよ」と笑ったら、息子はこう言ったそうだ。「大丈夫だよ、リスさんが助けてくれるから」。リスが助けてくれるなんておとぎ話だと笑った。

だが、トガシ君は考えた。たとえ少しの時間でもニュージーランドに行けるなら気分転換になっていいじゃないか。そこで彼ら家族は何のあてもなく、かの地に移り住むのである。ところが、さらに事態は転がっていく。行った先でイベントに参加するとイベントスペースの大家が彼のことを気に入り、そこでイベントをしてみないかと言ってくれた。ビザも申請してみるというのだ。その声をかけてくれた人の名がなんとスーリーさん。ひっくり返すとリスさんである。そして、なぜか周囲では誰も取れなかった永住権まで取れてしまったという。トガシ君は今でもオークランドに住んでいる。

人に取材をして歩くと、時折、信じられないような話を聞く。小説で書いたらできすぎで、すぐにボツだろう。

生まれ変わりはあるのだろうか。何しろこの仕事だ。私は前世でよっぽどのことをやらかして、少し人の気持ちを学べと修行させられている気がしないでもない。

いずれにしても我々はみな運ばれている。どこへ運ばれていくのか。凡人には知る由もない。

（『日本経済新聞』二〇二一年一一月二七日）

片方のてぶくろたち

街はクリスマスの飾りで華やかになった。コロナ禍などなかったかのように街には人が戻り、笑いさざめきながら行き過ぎる。

私は花屋の店先で長い時間迷って、赤い花のリースと、小さな赤い実をつけたひいらぎの植木を買うことにした。

持ち帰り用に包んでもらいながら、家には誰もいないことを思い、一瞬ひんやりとした気持ちになったが、だからこそ買うんじゃないの、と猫背気味の背筋を伸ばす。

この歳になって初めての独り暮らしを始めた。まだ慣れない。カタカタと窓を鳴らす風の日や、大きな地震があった夜などに、だしぬけにやってくる孤独の扱い方がまだ下手で、眠れなくなってしまうこともある。

でも、だてに歳は重ねていない。この孤独もいつか手なずけることができるとちゃんとわかっている。

こういう気持ちがやってきたときは闘わないことだ。なかったことにして無視をするのもよくない。猫のようにそっとふところに抱いて、大丈夫、となだめるのがいい。

こんな私の様子を知ってか知らずか、学生時代の後輩がある絵本を紹介してくれた。いりやまさとしさんの『あかいてぶくろ』（講談社）だ。

片方のてぶくろとはぐれてしまった赤いてぶくろは、クリスマスで賑わう街を、もう片方を探してさまよい歩く。やさしくてかわいらしいタッチのイラストなのに、その喪失感が胸を突く。小さい子にもきっとわかる。親とはぐれた迷子の気持ちだ。

「きのうまで、あかいてぶくろは、もう　かたほうの　てぶくろと　いっしょに、もちぬしの　てを　あたためていたのです。これからも　ただ　ずっと、そんな　ひが　つづくとしんじていました」

作者のいりやまさとしさんは、編集者の妻と仕事で知り合い結婚した。「自分が自分のまま素でいられる、一緒にいてすごく楽な人でした」

妻にがんが見つかったのが二〇一四年のこと。治ると信じていたが、二年後に転移が見つかり亡くなってしまう。

「今までも人の死を経験していました。でも、自分のこととなると全然違った。奥さんと明日からずっと会えなくなるなんて受け入れられませんでした。それでも世の中はいつもと同じように回っている」。感情を整理し、鎮めるため、この絵本を描いた。

「時々、道端にはいろいろなてぶくろが落ちています。高そうなてぶくろ、肉体労働をするときのてぶくろ、……誰が落としたのだろうと以前から想像を巡らせていたんです。それで、この片方のてぶくろの気持ちに乗せて、自分の気持ちを表現できないかと思って」

本は大切な人とはぐれてしまった人の気持ちに寄り添い、そっと支えてくれる。

いりやまさんの生活は続く。息子たちは日々成長し、その世話に追われるので気は紛れるという。でもさびしさはなくならない。

いりやまさんは続ける。

「本当になくすまでは、そばにいる人がいなくなるなんて思いもしない。ありふれた言葉ですが何気ない日々の暮らしが一番貴重です。どうか、目の前にいる人を大切にしてほしい」

花屋をあとにして、街を歩けば、「片方のてぶくろ」たちが歩いている。

私は片方さんたちと近しい気持ちになって、ひいらぎの鉢を抱きながら雑踏の中に足を進めた。

（『日本経済新聞』二〇二一年一二月四日）

誰にもわからない

今まで死をテーマにした本を書いてきた。たとえば拙著『エンジェルフライト　国際霊柩送還士』では国境を越えて遺体を運ぶ専門業者を、『紙つなげ！』では東日本大震災の被災地を、『エンド・オブ・ライフ』は在宅での終末医療を書いている。

こういう題材を描く時は、なぜか身体が冷える。夜更けに机の前でパソコンを打っていると、下半身が、暗く冷たい水の中に浸かっているような感覚に陥る。触ってみるとお尻のあたりなど冷蔵庫から出したばかりの生肉のようだ。身体を冷やしたのがいけなかったか、婦人科の病気になった。

やがて開店休業状態で何も書けなくなり、私は思い切って日本を出て、世界中を放浪した。死の専門家は宗教家だろうと、各地の仏教施設やスピリチュアル・コミュニティを訪ね歩いたのだ。長く滞在し、現地の人たちとともに修行をした。私は師匠がほしかった。

いつか映画『スター・ウォーズ』のヨーダのような人が現れて、知恵の言葉を授けてくれると期待していた。

インド、バングラデシュ、タイ。スコットランドのスピリチュアル・コミュニティにもいたことがある。

どこも極楽のように美しいところだった。ダッカの僧院は、庭に白いジャスミンの花が咲き乱れ、孤児たちが庭に机を出して勉強している。足元ではスピッツの子犬たちが駆け回り、時々、オレンジの袈裟《けさ》を着た僧侶たちがゆっくりと行きすぎる。僧侶はそこで老い、亡くなると火葬され、灰は僧院の壁に塗り込められるのだそうだ。

タイの森の中の僧院は、ひとりで住まう小さなキャビンを割り当てられ、そこで瞑想をしながら生活する。熱帯のジャングルの中、大きな蝶が音もなく舞い、大きな爬虫類が現れた。

森の真ん中に、そこだけ木々の生えていない小さな広場があった。聞けば火葬場だという。

夜、電気のない真っ暗な森の中を歩き、その火葬場に横たわり、星を見上げた。

死とはどのようなものだろう。輪廻《りんね》はあるようにも、ないようにも思えた。目をつぶると、遠くから聞いたことのない獣の声が聞こえた。

結局、何もわからず手ぶらで戻った。そんな折、在宅医療の取材で友人になった看護師の森山さんががんになった。ついては当事者の立場から実践看護の本を書きたいという。彼は、看取りのプロフェッショナルだったが、自分のこととなるとやはり戸惑い、揺れていた。彼のそばで私も同じように戸惑い、揺れた。

私は森山さんと過ごした日々を本にまとめながら、ある日、ふと気づいたのだ。

「そうか、誰も死んだことがないから、この世に生きている人はみな死についてわからないのだ」

この世に生きている人はみな同じく、死についての未経験者だ。ほかの人の死を見て、私たちはあれやこれや想像している。でも、どれほどの賢者であろうと、やはり生きている限り死などわからないのだ。そう思ったら生きるのが楽になった。

いくら自分の外側を探しても答えは見つからない。自分の内側に戻って自分なりの生き方を見つけよう。そう思えた時、世界を旅して、僧侶たちに言われた言葉の意味がようやく腑に落ちた。

「今を生きなさい。自分の内側に戻りなさい」

（『日本経済新聞』二〇二一年一二月一一日）

トンネルの中

先日、神社にお参りに行った。ついでにおみくじを引くと、ご宣託は末吉。運勢はこうだ。「暗いトンネルを歩いているような状態です。陽の目を見るには、出口を目指してひたすら歩くだけです」

この一文に「あら、やだ」と、思わず声を上げてしまった。私の行き詰まったときの口癖そのままが書いてある。どうやら神様にはすっかりお見通しらしい。一緒にいた友達も「当たってるんじゃない？」とにやにやしている。

企画を立ち上げてから本一冊書きあげるまで、私はほとんどの時間を「暗いトンネルの中」で過ごしている。

ノンフィクションなので、都合のよい結末を捏造《ねつぞう》するわけにはいかない。さりとて理不尽なことに舌鋒《ぜっぽう》鋭く切り込んでいくタイプでもなく、どんと構えていられるようなメンタルも持ち合わせていない。悲しいことを見聞きしたときは、たいてい塩をかけられたなめくじのように体をよじってただ悲しむだけである。「よく、心がもちますね」と言われるが、「いいえ、いいえ。普通にもちません」と顔のところで手をパタパタさせてしまう。

私は本のできあがり予想図を持たずに現場に入る。つまり、仕上がりがわからないのである。誰と会うかも、何が飛び出してくるかも、予測不能だ。出会った人にアイテムを授けてもらう「わらしべ長者スタイル」なのである。

せめて予想図ぐらい作ってはどうかと思うだろう。実は最初の頃、入念にリサーチし、仕上がりをあらかじめ頭に描き、一から十まで箇条書きの質問を作っておき、端からぶつけていくスタイルで取材を始めた。目次まで作って臨んだこともある。

だが、いつも現実は予想をはるかに超えてくる。想定内であったためしがないのだ。

誰かの思いもよらない話に導かれ、当初書こうと思っていたものとはかけ離れた場所に着地するのだが、まるであらかじめ、そう書かれることが決まっていたかのようにできあがってくるのが不思議でならない。

こうなると、こちらが物語に呼ばれて、書かされているかのような気持ちになる。

ぼんやり生きていれば、ものごとはバラバラで、人は分断され、運命から見放されて生きているように見える。ところが実際は、世の中は目に見えないところでつながっていて、たどっていくと思わぬ人と人が相互に影響を与え合っている。誰も予想もしないタイミングでものごとは起き、老練な小説家さえ思いもつかない結末が用意されている。

出会う人はすべて一冊の本。表紙だけ見てもわからないが、開けてみると、それぞれがユニークな運命をたどっている。

だが、そこに行きつくまでが大変なのだ。一冊ずつまったく違う分野の、違う場所に入っていき、「はじめまして」から始まって関係性をつくり、膨大なインタビューの中から、そこに流れる物語を見つけだす。

しょっちゅう壁にぶち当たり、永遠に書きあがらないのではないかと不安になる。さぞかし我慢強いと思われているだろうが、残念ながら愚痴と弱音を吐きながら、とぼとぼ書いている。

それでもやめられないのは、どこかで奇跡を信じているからなのだろう。ある日、赦《ゆる》されるようにして、光の差す日がやってくると。

（『日本経済新聞』二〇二一年一二月一八日）

スーツケース

和室の天袋からスーツケースを取り出す。すると、たまったホコリが落ちてきて、私は「おっ」と言いながら、息を止めて顔をそらした。冬の陽が当たって、そこだけキラキラする。昔はこれを「妖精さんの魔法の粉」だと勘違いしていたものだ。

スーツケースを出すのは実に二年ぶりである。この明るいオレンジ色のスーツケースを連れていったのは、フランス、バングラデシュ、インド、メキシコ、キューバ、ペルー、スコットランド、中国。空港のターンテーブルに乗ると、黒っぽいケースが多い中、よく目立つ。ぶつけてできたへこみや傷ができて自分だけのケースになっていき、ますます愛しくなってくる。

私は二度ほどロストバゲージの憂き目に遭っている。一度目はペルー。空港側の事情で飛行機に乗れず、荷物だけが先にクスコに飛んでいった。空港に遅れて着いたら、どこにも荷物がない。二時間以上うろうろ探したら、なぜか空港内の売店にぽつねんと置いてあったのを見つけた。なんでやねん。幸いにも荷物は無事で事なきを得た。

インドではそうはいかなかった。お釈迦様が悟りを開いたというブッダガヤに向かうプロペラ機の中は、袈裟を着たお坊さんだらけ。そんな聖職者ばかりが降りる飛行場でまさか荷物がなくなるなど考えられない。……が、イミグレーションで変な質問をさんざんされて足止めを食っている間に、誰かに持っていかれた。

航空会社がわずかなお金をくれた。それで洋服を買えという。市場に行って服を選んだが、これがド派手なのである。一番地味なのを買ったが、パンツは光沢のある金色。まるで歩くこいのぼりだ。

七日目に連絡があり、こいのぼりの恰好で航空会社の小さな事務所に行くと、「お釈迦様のご加護です」と芝居がかった表情で握手を求められて、紛失したスーツケースを渡された。「ミャンマーの僧侶が、自分のものと勘違いして、持っていってしまったのです」と言う。あやしい。僧侶が持つようなスーツケースじゃないだろう。だが、「お釈迦様のおかげ」一点張りで押し切られた。鍵はなぜかこじ開けられていたが、中に入っていたのは地味な服だったので何も取られず戻ってきた。

スーツケースを眺めるといろいろなことを思い出す。スコットランドでは現地の人と

『蛍の光』を大合唱した。本場の『蛍の光』はやたらと陽気で、見知らぬおじさん、おばさんと肩を組んで、いつの間にか一緒に踊っていた。

旅に出られず二年。だが、そろそろ出発の時だ。

これから私は日本にある難民施設に泊まりがけで取材に出かける。期間は一か月。日本国内には、様々な事情で日本に逃れてきた人がたくさんいる。その人たちの目線でこの国を見てみようと思っている。滞在費を払ったうえで、彼らと同じご飯を食べ、同じ場所で眠るつもりだ。

なぜ取材をするのか。それはきっと私に想像力がなく、人の気持ちもわからないからだ。だからこそ人の中に入り、話に耳を傾ける。彼らと一緒の空気を感じ、その表情を見つめ、そして少しだけ彼らの世界を知る。

誰に会うだろう。何を知るだろう。何を喜び、何を悲しむのか。久しぶりにスーツケースのジッパーを開けて、空っぽなスペースを覗いた瞬間、期待と不安で体がぶるぶるっと震えるのを感じた。

（『日本経済新聞』二〇二一年一二月二五日）

梅酒

母はどこをとっても、きちんとした主婦だった。そんな母に育てられた私は、ずっと「丁寧に暮らす」ということがいやでしかたがなかった。つまらない人生に見えたのである。

子どもには手作りのお菓子を食べさせ、掃除をし、洗濯をし、じっと家族の帰りを待つ。小さい頃は毎日のように絵本の読み聞かせをしてくれた。でも私には、家は母を縛りつけているものでしかないように思えた。

主婦の生活ってなんて退屈。家が汚れたらきれいにする。そしてまた汚れる。きれいにする。ご飯を作る。ご飯を食べる……。家族を待つ。家族が帰ってくる。家族が出かける。家族を待つ……。

気の遠くなるほどのルーティン。楽しい？　若い頃、そう聞いたこともある。母はさびしそうな眼をしていたっけな。

私は子どもを育てながら日本語教師として働き、転勤する夫について各地を転々とし、その後ライターになって仕事に生きがいを見つけようとしてきた。そこにこそ、生きる希望があると思っていたのだ。でも個性が強すぎるのか、わがままなのか。雑誌で定期的に書かせてもらえるライターではなく、単行本の企画があれば呼ばれ、私に向いている企画があれば呼ばれという、江戸時代の浪人みたいな不安定な仕事をしている。それは今もちっとも変わっていない。自由で変化ある生活。でも、積み重ねも確かなものも何もなく、いきあたりばったりで、居場所もない。風通しはいいがすうすうするし、気づかないふりをしていても、孤独はひたと影のようについてくる。

一瞬人と出会い、その人を書き、別れ、一瞬人と出会い、書き、別れ……。

時々、生きることに倦《う》む。

そんなある日、実家に行くと、母の漬けたという一〇年ものの梅酒を父が持たせてくれた。母は八年前から難病にかかり、今は瞼ぐらいしか自力で動かせない。父は梅酒を、二〇歳になった私の息子と飲めという。その梅酒は、息子が小学生のとき漬けたものということになる。私は深い琥珀色の液体を息子のグラスに注ぎながら、母の堅実な生活の「確かなもの」をそこに見た。楽しい？　母にいつか聞いたその答えが、思いもかけずグラスの中に入っていた。

大みそか、映画『レ・ミゼラブル』を観る。幼い頃、私を本好きと見た父が嬉しそうに買ってきた『ああ無情』を思い出した。母の読み聞かせがよかったのか、私は本を読むのが速かった。『イワンのばか』『野性のよびごえ』『青い鳥』『トムソーヤのぼうけん』。父が買ってきた本の背表紙のラインナップを思い出しながら、私もまた、父と母によって文学の世界を漬けこまれた梅酒のようなものではないか、と思った。

長い時を経ないと、人の営みの本当の意味はわからない。私は映画のラストシーンに歌われる『民衆の歌』を聞きながら、心の中で「ブラボー」とつぶやいていた。

(『暮しの手帖』二〇一三年四・五月号)

ばあばの手作り餃子

　昨年八月に、一〇年間にわたって闘病生活を送ってきた母が亡くなった。母の病気は原因不明の難病で、根治の方法がなく、だんだん体が動かなくなって最後はテレビを見ることも食事を摂ることもできなくなった。

　できることがだんだん少なくなっていくのは怖ろしかったはずだが、母が弱音や愚痴を口にしたことは一度もなかった。亡くなる準備を自分ですべて整え、季節が秋になり、冬へと変わっていくようにゆっくりと人生を終えていった。

　私が小さい頃、母は毎日のように本の読み聞かせをしてくれた。それだけでなく、朗読のカセットテープをいつも流しっぱなしにしていた。『幸福の王子』や『赤毛のアン』、浜田廣介《ひろすけ》の童話『泣いた赤鬼』など、家にあった童話や絵本は全部暗誦できた。「三つ子の魂百まで」の通り、小さい頃深く刻みつけた読書体験のおかげで、ライターとしての今の私がある。

子どもたちだけ飛行機に乗せて祖父母の家へ遊びに行かせたりと、彼らは大のおばあちゃん子だった。中華街でおいしいものを食べさせてもらったり、恐竜博に連れて行ってもらったり、二人の息子にはおばあちゃんとの楽しい思い出がたくさんある。

味覚の記憶は何年経っても強烈に残る。母はとても丁寧にご飯を作る人で、お出汁《だし》の取り方もすごく上手だった。母が亡くなったとき、子どもたちは「お花見に出かけたときのおいなりさんはおいしかったね」「ばあばの餃子はおいしかったね」と口々に話したものだ。

実の母親が作るのは手抜き料理ばかりなのに、おばあちゃんと一緒にいると毎日おいしいものを食べさせてもらえる。冷凍食品ではない手作りの餃子をたくさん作り、ホットプレートで焼きながら「いっぱい食べなさい」と言ってくれる。子どもたちは、ばあばが作ってくれた「母の味」を今でも忘れていない。孫の胃袋をしっかりつかんでいた母に、正直私は「負けたな」と思った。

母が病気を発症したのは下の息子がちょうど一〇歳のとき、亡くなったのは息子が二〇歳のときだ。人が病気にかかるとはどういうことなのか。家族とはどういう存在なのか。息子が多感な時期に、母は人が生き、そして死ぬことの意味を授業のように教えてくれた。

私自身の執筆活動も、母の病気とリンクするように、自然と『エンジェルフライト』や『紙つなげ！』のように人の生死に関わるテーマを選んでいる。書けば書くほど、母に導かれているような気がしてくる。私たち家族にとって、母は今でも心の中で生きている。

（『潮』二〇一五年六月号）

縁は異なもの

昨日、ネイルサロンで担当してくれたのは二〇代の女性で、雑談は結婚の話になった。「私、結婚前に同棲をしていたんですよ。籍を入れる前に一緒に暮らすのはすごくよかったです」と言う。

「それは賛成。でも、同棲しちゃったら籍を入れるの億劫《おっくう》にならない?」

結婚なんて半分勢いだ。相手のあらが見えたあとでも一生の約束をするのは、勇気がいることだろう。「たぶん私の場合、結婚したいというタイミングが合ったんじゃないでしょうか」と言って、彼女は結婚できた理由を分析してみせた。

彼女は続ける。「あらが見えちゃうといえば、私の友達が悩んでました。今、付き合っている彼氏の声が小さくて、居酒屋で何度店員さんを呼んでも来てくれないんですって。それで愛が醒《さ》めたって。『そんなことで結婚やめる私っておかしい?』って聞くんですよ」

うーん、なんて些細《ささい》な。でも意外とよくある話なのだ。昔、私の友人は超エリートと付き合っていたが、マヨネーズのかけ方で別れた。彼女はマヨネーズをにゅるにゅるかける仕草をしてみせると、「あんなにマヨネーズをいっぱいかけるなんて気持ち悪い」と顔をしかめた。そういえば別の友人はラブソングを熱唱されて嫌になった。縁はそんなどうでもいいことで切れる。つくづく理不尽である。

しかし、これもタイミング。もっと大人だったらそんなことはどうでもいいと思うだろうし、お互いどうしても結婚したい時には、いくらでも欠点には目をつぶる。縁という目に見えない、理解しがたい何かで私たちは出会ったり、別れたり、永遠に出会うことなく終わったりする。

今朝のことだ。ジョギングに出ると道でうごめくものを見つけた。何だろうと近づくと、まだ目の開ききらない鳥のヒナだ。空を見上げても巣はなく親鳥の気配もない。見殺しにもできないが、拾って育てられるか迷いもあった。そこでいったん冷静になろうと、ヒナを置いたままお菓子の空き箱を取りに戻った。それに入れて保護しようと思ったのだ。

戻って来ると、小さな男の子とお父さんが、しゃがみこんでヒナをそっと拾い上げている。男の子は、小さな命をおそるおそる覗き込んでいた。「このままだと死んじゃうだろ?」とお父さんは話してきかせている。もし、タイミングがずれていたら、きっとヒナの運命も変わっていた。

　ああ、いい家にもらわれた。うちに来るよりずっといい、と私は思った。私は、ヒナを抱えて嬉しそうにしている男の子を見送った。それはまるで何かの啓示のようだった。縁とはこのようなものだ。きっと私にはもっといいものがタイミングよくやってくる。マヨネーズ氏も、今頃マヨネーズ好きの女性と幸せに暮らしているかもしれない。

　立ち止まっているうちに、運命の女神が横を素通りしていくかもしれない。会ったら、いつでも両手を広げてハグできるようにしておかなくちゃ。愉快な気分になりながら、私はまた朝の街をゆっくりと走り始めた。


（『潮』二〇一九年九月号）

晴れ女

何がきっかけだったただろう。私は自分のことを「晴れ女」だと思っていた。誰かが私を晴れ女と言ってくれたのが嬉しかったのかもしれないし、同行したカメラマンが感激したのが心に残っていたのかもしれない。

私の晴れ女発言に、担当編集者はこんなことを言った。

「僕の先輩の有名な編集者がこんなことを言っていました。『仕事は、自分は運がいいと思っている人と一緒にしろ』と。佐々さんが晴れ女だと言うたびにその言葉を思い出します」。晴れ女とはつまり、自称「運のいい女」なのだと言いたかったのだろう。

出版は時にギャンブルだ。だから目に見えない運について意識せざるを得ない。

今、コロナと闘う知られざるヒーローを描いてベストセラーになっている『最悪の予感』の著者、マイケル・ルイスも運について言及している。彼は大学時代、美術史を専攻したが論文の評価は散々だった。ところがある晩餐会で大手投資銀行、ソロモン・ブラザーズの重役の妻の隣に座ったことから人生は転がり始める。彼女の夫のコネで、同社で働くことになった彼は、お金の駆け引きの専門家となり、破天荒な投資家たちの実態をその目で見ることになる。彼はそれをもとに、『ライアーズ・ポーカー』を書き、その本が大ヒット、出世作となったのだ。

重役の妻の隣に座れる確率は？　しかるべき時に物語を書くためにウォール街随一の投資銀行で働ける確率は？　ビジネスの最前線を目にする確率は？　あり得ない幸運の積み重ねにより今の自分があるのだと彼は述べる。成功を手にした者のリアルな実感かもしれない。

面白いことに日頃、自分を晴れ女だと言い張っていると、だんだん周囲もそれに同調するようになる。

ある日など土砂降りだった雨が突然止み、雲の切れ間からぱーっと光が差し込んだものだから、なぜか感謝をされて、編集者がパフェをおごってくれた。

ここまで来るとさすがにきまりが悪い。どうもペテンにかけている気分だ。もちろん考えるまでもなく私が晴れさせたわけではない。マヤやアステカで天文の知識で国を統治した神官も、最初はこんな調子でうっかり権力者になったのではないか。宗教の萌芽を見た気がする。

おまけに雨が降ると、今度はなぜか人のいい編集者が「私、雨女なんですよね」などと憎まれ役を買って出たりする。なんでわざわざ生贄《いけにえ》になりにいこうとするのか。「あーあ、Aさんのせいで」などと言われているが理不尽だろう。

マヤ、アステカ文明の時代なら心臓を抜かれて太陽神に捧げられるタイプである。誰かのせいであろうはずもない気象状況が、すっかり誰かのせいにされる様子を目の当たりにして、人の気分というものは侮りがたいなと思った。

運がいいか悪いかは、無数の事実からある事象を抜き取って解釈することで醸成される。誰の上にも空は広がっている。その中から晴れの日のエピソードを記憶していれば晴れ女に、雨の日を強く印象に持てば雨女になる。そんなストーリーの中を私は長く生きてきたのだと、時折、晴れた空に布団を干しながら考えたりしている。

膨大な数の事象から何をピックアップしてどんな物語を紡ぎ出すかは、その人の解釈次第だ。編集者の言う「運のいい人」とは楽観主義を貫ける人なのだろう。特に書き手は汚れた泥水の底にはいつくばって、悲劇に見舞われるたびに、「これはネタになる」「これはおいしい」と養分にする生き物だ。あの編集者は、「こいつはナマズか?」と書き手を内心したたかに値踏みしていたに違いない。起きることは運。それをどうものにするかは才能だ。

最後に『夜と霧』でユダヤ人強制収容所での体験を描き、今なお読み継がれているヴィクトール・E・フランクルの言葉で締めくくろう。楽しみにしていた遠足が雨に降られたら、この言葉を思い出したい。

「刺激と反応の間には、スペースがある。そのスペースの中に、自らの反応を選択する自由と力がある。私たちの成長と幸福は、私たちの選ぶ反応にかかっている」

(『しししし 4』二〇二一年一一月二三日刊)

第2章

ルポルタージュ

ダブルリミテッド①
サバイバル・ジャパニーズ

「どけ！」「やめろ」「さっさと片づけろ！」

広い教室に教師の発する日本語が響く。ここは栃木県小山《おやま》市にあるティビィシィ国際外語学院。外国人技能実習生を指導する日本語学校だ。実習生は中国人が最も多く、それにインドネシア、ベトナム、フィリピン人などが続く。彼らが日本国内で言葉を学べる期間はたった一か月。この教育期間を経ると彼らは過酷な肉体労働の現場へ旅立っていく。技能実習制度では日本で働けるのは最長三年間。その間、職場で生き残り、経営者に気に入られ、安全に国へ帰るための「サバイバル・ジャパニーズ」として教えられるのがこれらの日本語だ。日本語教師にとって外国人実習生たちはわが子同然だ。教師は口伝えで日本で暮らすために最も大切だと思う「言葉」を授ける。実習生にとって言葉は命綱なのだ。

実習生たちは目を爛々《らんらん》と輝かせてそれに応える。「はい、すみませんでした！」「はい、先生。すぐやります！」。熱気が教室に充満していた。数日前に雪が降った。その湿気が温まって形の古いジャンパーからは微《かす》かにすえた臭いがする。やがて授業終了の時間が来ると、日直の学生が直立不動の姿勢で大声を上げる。「ぜんいーん、起立！」「気をつけー」「礼！」。そして全員が声を合わせる。「先生、ありがとうございました！」。挨拶のあと実習生たちは日本語教師に向かって満面の笑みを見せた。最近見たこともないような無垢《むく》な表情だ。実習生たちはこれから捨て身で働く気だ。本国に残してきた親、兄弟、配偶者、子どものため、あるいは貧困からの脱出という夢のために。

この学校の教師、栗又《くりまた》由利子は以前東京都内で留学生に日本語を教えていた。そこで使っていた教科書は『みんなの日本語』（スリーエーネットワーク）だった。この教科書は日本語教育のスタンダードで、ほとんどの日本語学校で今でも使用している。これによると動詞は「ます形」から学ぶことになっている。「ます形」というのは、「～ます」で終わる動詞の活用のことで、「国語」でいえば連用形にあたる。「食べます」「来ます」「曲がります」など、「です、ます調」で話すために必須の活用形である。最初にこの活用形を勉強するのは、丁寧語で話せば誰に対しても失礼にあたらず無難だ、という考えから来ているのだろう。栗又もずっと「ます形」から教えるものだと思っていた。だが家の都合で、この町に転居して技能実習生に教え始めた時、「それは違う」と身をもって感じた。

今まで教えていた日本語は架空の対話にすぎない。肉体労働の現場で働く日本人が、技能実習生であるアジア人にかける言葉とはかけ離れている。

この学校を卒業した実習生が酪農家に就職した。干し草をトラックから下ろす作業が行われている時、彼はその下にいた。「どけ!」。そう言われた彼は言葉の意味がわからなかったという。逃げるタイミングを逸した実習生は干し草を頭からかぶってしまった。「どけ」という言葉は『みんなの日本語』には載っていない。そこで栗又は気づくのだ。自分たちが教えなければならないのはもっと泥臭い日本語なのではないか。そして肉体労働の現場で最初に覚えなければならないのは「命令形」「禁止形」、そして数々の禁止表現「立ち入り禁止」「指づめ注意」「火気厳禁」なのだと気づくのだ。

各国から集まってくる実習生たちは驚くほど明るかった。そして目的のためにはどんな苦労も厭《いと》わないという割り切りも逞しさもあった。彼らがどんな人たちか日本人はよく知らない。労働力として日本社会を下支えしていても、生身の彼らのことはほとんど報じられない。時々新聞を騒がすことといえば長時間労働に対する告発記事ばかりだ。極端な事例しか報じられないのは、その他のことには関心がないからなのだろうか。工事現場でちらっと見かけたあの人は誰なのだろう。水難事故に遭い無言の帰国をした外国人はなぜあの漁船に乗っていたのだろう。一瞬そう思ってもすぐに忘れてしまう。現在日本に在留する研修生、技能実習生の総数は約二〇万人（二〇一一年、日本弁護士連合会「外国人技能実習制度の廃止に向けての提言」）。日本経済にとって無視のできない数字だ。

技能実習生は、本国にある送り出し機関で最低限の日本語を身につけて来日する。「気をつけ！」「礼！」など、大人が発すると軍隊調に聞こえてしまう日本語もそこで教えこまれる。送り出し機関によっては言葉の語尾に「はい、先生！」をつけるという教育を施してくるところもある。フィリピンの機関だ。たぶんこれは〝Yes, sir.（イエッサー）〟の日本語訳だろうと栗又は見ている。日本人はいまだにこのような言葉を好むように思われているのだろうか。しかしその見方はあながち的外れでもない。従順な外国人たちはきっと経営者にかわいがられるだろう。

毎月毎月、新しい技能実習生が来ては卒業していく。栗又は必ず彼らに質問する。「結婚している人は？」。約半数が手を挙げる。「じゃあ、子どもがいる人？」。結婚している人には幼い子がいる者も多い。彼らはまだ物心ついていない子を祖父母に託して稼ぎにくる。学校が実施したアンケートによると、六二〇名のうち実習目的は技術の修得が三一六名、金銭が一六七名。日本語の修得は一一二名、友人をつくりたいと答えた者はわずか四名だ。本国での彼らの月収は日本円換算で一万円以下が二三パーセント、二万円以下が五九パーセントとなっている（二〇一二年当時）。本国にいる子どもにいい暮らしをさせてやりたい。技能を身につけて夢をかなえたい。そんな姿が見えてくる。日本ではせんべいの原料にするような割れた米が混ざっているものを買って食べ、特売日にひと袋三円のもやしを買う。本国からはきくらげや、干しえびを大量に持ってきている。月の食費は一万円未満で済む。本国に一円でも多く持って帰りたい。

一月、北関東のこの町に雪が降った。ベトナムから来た実習生が作ったのだろう。雪だるまが学校の脇にあった。だが雪を知らない彼らは、雪を転がして雪玉にする方法を知らない。雪を手で積んで作ったと思われる雪だるまはバケツをひっくり返したような形で、長い鼻までついている。まるで愛嬌のあるマーライオンのようだったので、栗又は笑ってしまった。彼女が実習生に何を作ったのと尋ねると、嬉しそうに彼らは答えた。「犬です。先生！」。それは明らかに雪を知らない人の造形だった。その実習生も二週間後には方々の現場で働き始める。

この学校からは礼文島から八重山諸島まで、日本全国に卒業生を送り出している。働き口は、ホテル、プラスチック成型工場、コンピュータの基板工場、養豚場、水産加工場、イチゴ農家……。一か月の語学研修期間で教えられる日本語は限られる。だからお守り代わりに最も大切な言葉を教える。それが「命令形」であったとしても、彼らはそれを使って日本で生活をしていくのだ。

この学校の校長、竹内靖は何人かの研修生のことを語ってくれた。

「ある三つ葉農家に研修生として中国人の女の子が入ったんですよ。そこでは農家のお母ちゃんが実務教官ですよ。研修期間が六か月になる頃、中国人の女の子がお腹が痛いと言う。お母ちゃんが心配して病院に連れて行きました。すると、医者が言うんです。『おめでとうございます。おめでたです』。お母ちゃんは『さては知らないうちにお父ちゃんが！』と思ったらしいんですよ。ところが、お医者さんは『八か月です』と。お母ちゃんはほっとした。その子は旦那を中国に残してきている。出国前に妊娠したんです。お母ちゃんはその子に言いました。『ここで子どもを産んでもらったら困る。中国へ帰ってくれ』と。ところがその子は、日本に必ず帰ってくると言い残すと、再入国の手続きをしていったん日本を離れた。お母ちゃんは『もう中国から戻ってくるな』と言ったんですよ。ところが一か月もしないうちに戻ってきた。『赤ん坊は置いてきたの？』と聞くと『堕ろしてきた』と言うんです。お父ちゃんもお母ちゃんも『そこまでして……』と驚いた。日本じゃ八か月の子を堕胎できませんよね。でもそんなにも働きたかった。いやあ、逞しいよね」

「以前ね、フィリピン人男性がやってきた。『私は二四時間のうち眠る時間は四時間でいい。あとの二〇時間は働かせてくれ。三六五日休まなくてもいい』と言う。彼が働いたのは豆腐を作る食品工場でした。何時間でも残業をさせてくれと言う。日本で遊びに行くところなんかどこにもない。日本のパートタイマーのように冠婚葬祭で休むこともない……。よく働く。いっくらでも働く。一か月の手当は七万円ぐらい。でも当時国に帰れば、平均年収の何倍にもなったんです。ところが、研修期間もあと四か月というところで、彼は急性肝硬変になった。入院費用で何もなくなってしまった。当初の目的が達成できなかったんだね」

二〇〇九年の出入国管理及び難民認定法改正により労働基準法の保護下に置かれる前の実習生の話だ。

私は元日本語教師という経歴を持っているライターだ。しかし日本語教師であったにもかかわらず、長い間、「外国人技能実習生」という存在がよくわからなかった。どこで何をしているのか見えてこない。長時間労働を強いた経営者の告発記事を目にすることはあったが、その他のことになるとまったく聞こえてこない。しかし実習生の日本語教育の現場に行けば見えてくるものがある。かつてある食通のフランス人政治家が言った。「どんなものを食べているか言ってみたまえ。君がどんな人か当ててあげよう」。言葉も同じだ。その人の話す日本語でどんな暮らしをしているかがわかる。

国際研修協力機構（JITCO）のホームページによると、「開発途上国等には、経済発展・産業振興の担い手となる人材の育成を行うために、先進国の進んだ技能・技術・知識（以下『技能等』という。）を修得させようとするニーズがあります。我が国では、このニーズに応えるため、諸外国の青壮年労働者を一定期間産業界に受け入れて、産業上の技能等を修得してもらう『外国人技能実習制度』という仕組みがあります」とある。

もともと研修制度は一九六〇年代に設けられたもので、当初は海外に出資した企業が、現地の職員を日本に呼び、人材交流という名のもとで日本で働かせていたものだった。しかし海外に出資できる企業といえば大企業が中心で、中小企業は海外に展開できるだけの力がない。バブルの頃、働き手を確保できなかった中小企業経営者からは、うちにもなんとか外国人を引っ張れないかという声があがった。そこで中小企業向けに事業協同組合や、各市の商工会議所や商工会が受け入れ窓口を作ったのである。それが外国人研修制度の変遷だ。しかし一方で外国人労働者の受け入れは日本人の雇用を脅かすとして反対する声も根強い。だから、どこかの頭のいい人間が考えた大義名分が外国人雇用にかぶせてある。

「日本の素晴らしい技術を海外の労働者に教えよう。国際貢献だ！」

最初は研修制度とそれに続く技能実習制度の二本立てだった。しかし、研修制度の名のもとに、雇用契約も結ばず安い賃金で長時間働かせる事例が相次いだことから問題となった。そこで法改正をして二〇〇九年、技能実習制度に一本化され、最長三年、企業と雇用契約を結び、働かせることができるようになった。この制度は三年間での帰国が必須であり延長は認められない。家族同伴が認められていない労働者が三年以上家族と別居ともなれば人道上の問題として国際問題に発展する。だが移民は入れたくない。日本で子どもを産んで増えてほしくない。だから三年での帰国が担保となるのである（二〇一一年「外国人技能実習制度の廃止に向けての提言」等参照）。竹内は述べる。

「東京入管の方にこう言われたことがありますよ。『日本は純血主義を貫いているんだね。日本に住んでもらっていいのは、ハイレベルの人たちで日本の国益にかなう人、つまり西洋人。アジア人は第三国だから帰っていただく』。そういえば実習生で中国人が人気な理由わかる？　顔が日本人にそっくりだから黙っていれば外国人とわかんない。世間がどう見るかが問題なんだ。旅館の仲居さんがインド人だと困惑する。口に出して言わないけど、日本人って本当に民度が高いからさ」。強烈な皮肉だった。政府は第九次雇用対策基本計画で「単に少子・高齢化に伴う労働力不足への対応として外国人労働者の受入れを考えることは適当でない」と閣議決定（一九九九年八月）し、表向き単純労働の外国人を拒否している。

外国人技能実習制度は企業にとっての麻薬だ。最初は躊躇《ちゅうちょ》していた経営者も、一度その味を知るとあと一本、あと一本と、打つのをやめられなくなる。日本人とは比べものにならないほどよく働き、金を稼ぐことにギラギラしている。日本人が勤勉でよく働くというのはいつの話だっただろう。中国人の女性を雇ったある中堅企業のコンピュータの基板を組み立てている工場は、日本人従業員と比べて不良率が一〇分の一になった。日本では第一次産業、小さな町工場などで深刻な人手不足に陥っている。特に地方で顕著で、今や外国人労働者なくして地域経済は回っていかない。何としても安くて優秀な労働力の欲しい中小企業と、どれだけ働いてもいいから金を稼ぎたいという外国人のニーズがぴたりと合ってしまった。それが建前の下の現実だ。いみじくも、あるきのこ生産者が言った。「きのこは二四時間生える。実習生は二四時間収穫してくれる。休みなくよく働いてくれます」。日本人ならもっと高給を出さなければ人が来ないような重労働でも最低賃金でよく働くため、現場ではとても重宝される。もっとも雇う側も同じように昼夜なく身を粉にして働いてきた叩き上げの経営者がほとんどだ。むしろ仕事への向き合い方として「肌が合う」場合も多い。もし日本国内で実習生を認めなくても、海外で同じように外国人たちは働くだろう。その製品を輸入するのだから結局は同じことだ。

二四時間コンビニ弁当を安価に食べられるのは、今や外国人労働者のおかげだ。これからはそれを口に運ぶ時、その来歴を考えざるを得なくなるだろう。夜通し弁当工場で働いている外国人がいる。一日中養鶏場で小屋を掃除している外国人がいる。そして廃鶏《はいけい》処理をしている外国人がいる。ある実習生はトラックで日本中を巡り、生後一年半ほどたった鶏《とり》を集める。鶏の寿命は一〇年ほどだが、卵を産むのは一年半ほど。そのあとは卵を産む効率が下がる。そこで古い鶏をつぶす。食肉として市場価値があればいいのだが、卵を産む鶏は肉が固い。外国から安い肉が輸入される現在、鶏は産業廃棄物だ。そこで安い労働力である技能実習生が現場に採用される。ゲージの中に鶏をぎゅうぎゅう詰めにして、工場に運ぶ。レールに足をくくってそれを吊るし、首を切って血抜きをする。カッターにかけて鶏を解体し、それを焼き鳥の手羽先やペットフードとして供する。「見学に行くと、血だまりの中で働いている外国人がいました。真っ黒なんだ。臭いがすごくてね。後ろからついてきた同僚がもどしていた。誰かがやらなければならない尊い仕事。でも、なかなかなり手がいない」と竹内は言う。産業廃棄物として鶏が捨てられずに利用されるのは、ここの卒業生のおかげでもある。

竹内は続ける。

「送り出し機関は外国人が職場から逃げないようにと担保を取る場合もある。もちろん、人権上許されないし禁止されているんだけど、やっぱりね。向こうの国にもいろいろある。

だから簡単には逃げないんだけど、一五年前だったかな。中国人研修生が電話してきたんです。彼は当時工務店で働いていました。『僕はこれから逃げます。でも、先生にひと言も言わずに逃げるのは嫌だから先生にだけは告白しておきます』。思いとどまるように寮まで説得に行ったんだけど、彼は言うんだ。『これは僕の人生です。誰も、僕を思いとどまらせることはできない。僕の人生は僕が決めます』。私は確かにそうだ、まだ逃げていないわけだし、彼をどうにもできないと思った。そのあと彼は逃げました。一〇年後彼が捕まったと連絡があった。鉄工所でまじめに働いていたみたいですね。その後強制送還されました。ある日中国から手紙が来ました。『先生、僕は故郷に帰りました。ところがここはすっかり経済成長を遂げてしまい、どこに僕の家があったかわかりません』。まるで中国版浦島太郎だね。

私は実習生にこう言っています。『あなたたちが日本にいるのはたったの三年です。ここを抜け出しても、どんな目に遭うかわかりません。卒業生の中には、窃盗団に仕立てられた者もいる。頑張って働き、たくさんお金を貯めて、それを持って家族のもとへ帰りなさい』と」

彼らにとっての「日本語教育」とは何か。

「ここで教育できるのはたったの一か月です。だから我々は魚を与えるのではなく、魚の獲り方を教える。自分でこれからいくらでも学べる。学びなさいと。いろいろなことを言われる外国人技能実習制度ですが、悪いばかりじゃないんですよ。たとえば水道屋に行った中国人の子は、運転免許を取らせてもらって、現場監督にもなり、日本人のアルバイトを指導するまでになった。だがこの制度での滞在期間は三年です。ある日雇い主のお父ちゃんが相談に来た。『先生、あいつが日本にとどまるにはどうしたらいい？』って。それで『日本人と結婚でもしない限り、無理だよ』と答えた。そうしたらね、『俺はかかあと離婚する！　あいつと結婚させる』と言って帰っていったんですよ。次の日、そこの母ちゃんから怒鳴りこまれましたよ。『先生！　うちの父ちゃんに何吹き込んだんだ！』ってね。中にはいるんです。日本語が使えるようになって、日本の人脈を駆使して現地で起業するような子もね」

短期的に見れば実習生にどれだけ日本語が必要かは疑問だ。労働環境に疑問を持ち権利を主張する賢《さか》しい労働者は使いにくい。実習生にしても日本語の深い意味を知ることは、心に波風を立て決して幸せな気持ちにはつながらないだろう。彼らが本国に持ち帰る言葉は、命令形、禁止形、そして危険表示「立ち入り禁止」「火気厳禁」「指づめ注意」。後腐《あとくさ》れのない便利な関係だ。しかし竹内は語る。

「私は学生に言うんです。『学びなさい。決してあきらめず学び続けなさい。日本で稼いだ金など、数年でなくなってしまうでしょう。でも、使っても、使っても、減らないものがある。それは日本語だよ。使えば使うほど、増えていく魔法の道具だよ』」

グリム童話に『こびとのくつや』というのがある。こびとは靴屋が眠っている間に素晴らしい靴を作ってくれる。実習生は日本人にとっての「こびとのくつや」だ。日本人が知らないうちに、彼らが働き日本経済を回しているのだ。こびとはますます重要になってくる。しかし日本人には彼らが「見えない」。

「日本語」は話者の関係性と同じ形をしている。実習生の現場に必要なのは命令形と禁止形。そこにあるのは対話を前提としないコミュニケーションの貧しさである。国は実習生に日本語を教える予算をつけていない。意欲も将来もあるアジアの人々を、国を挙げて「よく来た」と歓迎し、日本語能力と親日感情をつけて帰してやる。そんな抜け目なさもがめつさもない。やがて日本経済が衰退するにしたがって日本語は縮んでいくだろう。その時、日本人は目先の利益しか見ていなかったことに気づくのだ。

実習生が生き残るための日本語を書いていたのに、いつの間にか「日本語は生き残れるのか」という不安に行きついてしまう。皮肉な話だ。しかし私には滅びるのは日本語のほうだと思えてならない。

（『集英社クオータリー　ｋｏｔｏｂａ』二〇一三年春号）

ダブルリミテッド②
看取りのことば

いったいどれぐらいの人が外国人の日本語教育について関心を寄せてくれるだろうか。今回、連載を立ち上げるにあたって危惧したのはそのことだった。いくら私がこのテーマについて書いたところで、大部分の人にとっては、所詮他人事《ひとごと》にすぎないのではないか。日本語ができなくて困っている人がいると訴えても、「それなら国に帰ったらいい」という意見を持つ者さえいるだろう。もっと切実に日本人がこの問題に向き合わなければならないところまで事態が深刻にならなければ、人々にはこの問題の持つ本当の意味がわからないのではないか。

そこで今回は日本の近未来を「予言」してみよう。将来、高齢化が進んで就労人口が減った時、もしかしたら、下《しも》の世話をしてくれるのも、末期《まつご》の言葉を聞いてくれるのも、日本語が母国語ではない外国人かもしれない。今生《こんじょう》の終わりに託す「言葉」をその人が理解してくれるかどうかは、日本語教育にかかっているのだ。はたして私たちは最期の言葉を日本語で伝えられるだろうか。それとも、片言の英語で最期のお別れを言うことになるのだろうか。我々が自分自身のために「日本語教育」を真剣に考えなければならない時代はすぐそこまで来ている。日本語の問題は、外国人の問題ではなく、我々の問題でもあるのだ。

「日本語教育は間違いなく成長産業です」。そう断言する人がいる。東京都内にある大原日本語学院の校長、吉岡久博だ。ここ数年、日本語教育業界には逆風が吹いているため、日本語教育の現場から、このような言葉を聞くのは意外だった。

逆風の最たるものは、二〇一一年の東日本大震災だ。地震や大津波の映像が配信され世界の人々に衝撃を与えたが、それに続く福島第一原子力発電所からの放射能漏れのニュースは、本国にいる家族に不安を与えた。東京に暮らしていた外国人の中には、本人の残留の意思にもかかわらず、本国にいる家族に呼び戻されてやむなく帰った者も多い。さらに中国、韓国との領有権問題や、日本経済の長引く停滞と近隣諸国の経済発展などにより、大学などの高等教育機関に在籍する留学生は、二〇一〇年に一四万一七七四人だったのが、二〇一一年には、一三万八〇七五人と落ち込み、二〇一二年には一三万七七五六人と減り続けている。日本語学校などの日本語教育機関に在籍する学生も、二〇一〇年には三万三二六六人であったのが、二〇一二年には二万四〇九二人と、震災後に減った学生は現在も戻ってきていない（日本学生支援機構調べ）。日本語学校はもともと、学生たちの出身国の経済水準に合わせた授業料となっているため、経営的にはギリギリの予算で運営している場合も多い。その中での学生数の減少は学校にとって死活問題である。関係者から漏れてくる言葉は悲観的なものが多かった。

しかし、吉岡は長期的に見れば日本語教育が日本にとって重要な課題になる日が来ると言う。

「日本は少子高齢化が進んでいます。子どもの数が減少している以上、日本人の就労人口が減るのは運命だといえるでしょう。近い将来、外国人の手を借りなければならない事態が必ずやってくる。特に介護、看護など医療の現場では顕著です。現に今も介護の現場では絶対的に人が足りていません」

二〇〇八年、介護の分野では、ＥＰＡ（経済連携協定）に基づいてインドネシアの介護福祉士を目指す研修生が来日し、翌年にはフィリピン人が加わった。彼らはいずれも本国で看護師などとして働いていた優秀な人材だった。

「インドネシアやフィリピンの人はたいていが大家族で暮らしていて、お互い世話をするのが当たり前の文化を持っています。しかも、おおらかで明るい。食事の介助でも時間など気にせずゆったりと世話をするので、外国人に馴染みの薄かった利用者にも家族にも思ったよりずっと評判がよかったんです。これから介護の現場で外国人は確実に増えるでしょう。優秀な外国人介護士は現場で切実に求められているのです」

しかし、二〇一二年に介護福祉士の試験に合格したのは九五名中わずか三六名。もともとEPAでの受け入れは相手国の要望に応じたもので、人材不足を補うための政策ではない。この制度では、苦労して四年間研修を受けても、試験に合格しなければ、在留資格は与えられず、外国人研修生は国に帰らなければならない。結果を見れば、日本の介護現場に外国人はいらないと言わんばかりだが、介護現場の人手不足は深刻だ。二〇一一年に日本国内で働いている介護職員は推計で一四〇万人。国の試算によると、二〇二五年には二一三万人から二二四万人が必要となる。つまり、今後何十万人という介護職員の不足が予測されている。将来を見据えれば「三六」という数字がいかに小さいかがわかるだろう。

難しい数字を持ち出すまでもない。二〇一二年九月一五日時点での六五歳以上の高齢者が総人口に占める割合は二四・一パーセント。しかし、二〇五〇年には高齢者人口は三九・六パーセントにもなると見込まれ、日本人の二・五人に一人は六五歳以上となる。単純に考えても、人間そっくりの高性能ロボットでも開発されない限り、就労者は絶対的に足りなくなる。老いや病の現場で必要となるのは生身の人間だ。足腰が立たなくなった人を支える人が必要であり、トイレで排せつの介助をし、食べ物を口に運ぶ人が必要だ。もちろん賃金形態の見直しなど日本人が働けるような労働環境を整備することは急務だろう。まず日本人が長く働ける職場を目指すべきであるという意見に異論はない。しかし数字を見る限り、日本人だけではとても高齢者を支えきれない現実が浮かびあがってくる。

二〇五〇年の日本を想像してみる。今でこそ日本は裕福な国だが、将来にわたってそうであるとはとても思えない。このような外国人に閉鎖的な現状では、優秀な人材はやがて日本に来なくなるだろう。彼らは経済発展著しい中国や、韓国、イスラム圏のマレーシアやシンガポールなどへ流れていってしまうかもしれない。いつか日本人だけでは介護の現場が回らなくなった時、日本語を勉強して理解してくれるような優秀な人材を日本国内に確保できているだろうか。もしかしたら末期の言葉が日本語では通じない時代がやってくるかもしれない。「サンキュー」「グッドバイ」。この世に別れを告げる時は、そんなシンプルな言葉でこと足りるかもしれない。しかし、介護施設のベッドの中で日本語が通じないのはいかにも不便だ。「おむつが濡れている」「右の足のくるぶしがかゆい」「床《とこ》ずれが痛い。体勢を変えてくれ」と、どう英語で言ったらいいのか途方に暮れる。

将来、大量の移民を受け入れなければならないという運命を避けることはできない。とするなら、問題はいつの時点で我々は覚悟を決めるか、なのだろう。外国人を受け入れるための日本語教育を国の施策として推し進めていくのに早すぎるということはない。

国の政策を待ってはいられないということなのだろう。医療、介護の現場ではすでに外国人を受け入れる動きがある。正確な統計はないが、医療ビザで日本に入った中国人の看護師が、日本の資格を取って働き始めている。一説には五〇〇人ほどが日本国内にいるという。また人文知識・国際業務というビザで日本にいる韓国人の介護福祉士が、介護施設で六年前から働いている。彼は実際に日本人の看取りを何人も経験しているという。今回はこの韓国人の男性に外国人として働く介護の現場の話を聞いた。


趙大鎬《ジョデホ》（三六）は、韓国の大学で社会福祉を専攻し、福祉関係の仕事に就いていた。しかし、幼いころ自分を育ててくれた祖母が亡くなる際に彼は思ったという。

「もっと介護の専門知識があったら、祖母につらい思いをさせなくて済んだのに」

高齢化の進んだ日本が介護保険を導入したのは二〇〇〇年のことだ。それから遅れて二〇〇八年、韓国も日本の介護保険にあたる老人長期療養保険制を導入することになった。韓国の保険は日本の介護保険を参考にしている部分が多く、研究者たちの多くは、日本の大学で介護を学んでいるという。ジョデホも日本の介護を勉強するために韓国の保険制度が始まる前の二〇〇六年に来日した。日本語学校で一年間日本語を学んだ後、大学院に進学するつもりだった彼に、現場を経験するように助言したのは吉岡だ。ジョデホは言う。

「せっかく日本にいるんだし、介護の現場を体験してみたらどうかと校長先生に言われました。日本の介護技術を学べる機会は誰にでもあるわけではないので、やってみようと」。介護福祉士としてのビザは下りないので、正社員にはなれない。準社員として特別養護老人ホームで働き始めた。それから六年、大学院への進学をやめて、日本人の高齢者を現場で介護してきた。「日本へ来て半年ぐらいは、あまり日本語がわかりませんでした。早口だし、韓国で習っていない言葉がたくさんあってびっくりしました」。しかし現在は日本語のコミュニケーション力についてはネイティブと遜色がない。彼の日本語の端々には相手に対する配慮がうかがえて、彼はむしろ日本人より日本的なのではないかと私には思えた。「日本語で今でも不自由することがありますか?」と聞くと、「ひとり青森県出身のおばあさんがいて、何度聞いても何を言っているのかよくわからないことがあります。私は韓国人だからわからないのかな、と思ったのですが、ほかのスタッフもわからないそうです。地方訛《なま》りは難しいですね」と言う。

彼の働く施設に入所している高齢者は二〇〇名。彼は認知症の入所者を担当している。

「私が日本人じゃないっていうのは、お年寄りはわかっていないと思いますよ」とジョデホは言う。だが、入所者の家族の中には彼が外国人であることについて眉をひそめる者もいたというし、ほかのフロアの職員の中には挨拶をしても無視する者もいた。

「その職員が異動で、私と同じフロアで働くことになったんです。私はこう言いました。『あなたは、私が挨拶しても無視していたじゃないですか。だから私も同じことをしますよ』と。すると、相手は謝ってくるんですよ。『これからは仲良くしよう』って。引っ越しをした時も同じようなことがありました。引っ越しの次の日、玄関の前に大量の段ボールが積んであったんです。なんでこんないやがらせをするんだと怒っていると、大家が言うんです。『段ボールには、韓国語が書いてある。お前がごみの日でもないのにあそこに捨てたんだろう!』と。言い返しました。『確かに一枚は私のです。でも、それはたくさんの段ボールがあそこに捨ててあって、資源ゴミの日だと思ったから。あとは私のじゃありません』。すると、大家はころっと態度を変えて握手を求めてきた。『仲良くしましょう』と言うんです。日本ではよく自己主張してはいけないと習います。でも、日本ではおとなしい外国人は差別されることもある。弱い人間には強く出て、強く主張する人間には下手に出る。そんなところがあるように思えます」

この施設の利用者は認知症の進んでいる人が多い。尿や便を垂れ流したまま徘徊するお年寄りや、大勢が集まっている食堂で突然着ている服を脱ぎだし、裸になる女性もいる。

それを止めようとすると、口汚い言葉でののしられる。「テメーなにするんだよ。テメーなんか大っきらいだよ」。そう叫ぶ女性をなだめて服を着せる。「職場では次々と人が辞めていきます。六年の間に、どんどん人が入れ替わって、いつの間にか私は職場でも三番目の古さになってしまいました。排せつ物が漏れてしまうのも、ほかの介護士のおむつの当て方が悪いからというのもあるんです。でも、何度も強く注意はできない。辞めてしまうからです。その人が辞めてしまうと、自分たちにその人の分の仕事が回される。熱意のある人ほど腰痛や鬱病を患って辞めていく。そうかと思うと最近の若い子は要領のいい子が多くて、人が見ている時だけ熱心にやっているふりをして、人が見ていないとサボる。それが私には許せなくてね。ある若い男の子は就職して三日で来なくなりました。朝、母親から電話が来たんです。『息子がトイレに籠って出てこない』って。辞めたいなら辞めたいって自分で言えばいいじゃない。不思議ですよね」と笑う。

「一番きついのは夜勤です。月に最低でも四回、多い時で六回というシフトがある。夜勤になると四六名のお年寄りを二人で受け持ちます。その間、一二時から二時に一人が仮眠を取り、二時から四時までもう一人が交代で仮眠を取るので、たった一人で四六名を担当しなくてはならない時間帯がある。でも、認知症のお年寄りは夜ほど活動が活発になります。ベッドにはそれぞれセンサーがついていて、勝手に動き回るとアラームが鳴る仕組みになっている。一人のお年寄りをトイレに連れていっている間に、あっちこっちのベッドからビービーとアラームが鳴るんです。トイレに座らせて、『ちょっとここで待っていてね』と様子を見にいっている間に、トイレに座らせていたお年寄りが歩きだしてしまう。そうなるとお手上げです。夜中に容態が急変して救急搬送という場合もあります。一人を救急車に乗せている間、ほかの入所者が歩き回っても、私にはどうしようもない。ただひたすら事故がないようにと祈るほかはありません。神経的に消耗する職場です」

人手が足りないから人が辞め、同僚が辞めていくからよけい負担が増える。悪循環だ。

「あまりに余裕がないので、私も時々イライラしてしまいます。元教師の女性でひどい悪口を言う人がいるんです。『テメー、この野郎。お前なんか死んでしまえ』とかね。この人は病気なんだと知っていてもつい言い返してしまう。『あなた性格悪いのによく教師ができたね』とけんかしてしまう。私はまだまだだと思います」

そう告白する彼の口調は正直だ。彼でさえ余裕がなくなってしまう職場の過酷さが垣間見える。

「韓国では介護を学びたいという人がたくさんいる。大使館の職員とも話していたんですが、介護ビザを韓国の人も取れるようにしたら、どちらの国にとっても利益になるのにね。でも今、韓国でも介護の現場には、朝鮮族と呼ばれる韓国から中国へ渡った人たちが、中国から出稼ぎに来ています。彼らが現場を支えているのです。韓国でも外国人がいなければ社会は回っていかない」

ジョデホは介護福祉士の資格を持っているが、正社員になれない。「だからずっと手取りは一七万円でした」。男性が結婚して家族を養えるような額ではない。資格を持ちベテランでもある彼を手放したくない施設は、二年前にやっと正社員と同じ給与に引き上げたが、それでも手取りは二〇万円。このような肉体的、精神的重労働であっても、介護の現場の給与水準は高くないのだ。それでも月に一〇万円ずつ貯金して将来に備える。「仕事が休みの日はほとんど家で引きこもりですよ」と笑う。

この施設では最近、看護で看取りを導入した。入所者が最期を、この施設で送りたいと望む場合、病院などに搬送せず臨終まで施設内でケアをするというもので、ジョデホの働く施設では、個室に移され、死を迎える。

彼は最近も一人の女性を看取った。彼女に身内はおらず、ジョデホと同僚だけが彼女にとっては最期を送ってくれる人たちだった。

「最初は肩呼吸が始まりました。すごく苦しそうで。おばあさんは小さな声で『もう、だめだ』と。それが最期の言葉だったと思います。そのうち、肩呼吸がやんでふうっと息をして、呼吸がやみました」

「どんな言葉を最期にかけてあげましたか？」

私がそう聞くと彼はこう答えた。

「自然に『おつかれさまでした』と。たくさん生きて、たくさん苦労をした。そして今まで長い間お世話させていただきました。だから本当に自然と『おつかれさまでした』。そしてそっと瞼を閉じてあげました」

彼には微かな韓国訛りがあり、「おちゅかれさまでした」とも聞こえる。優しい響きだった。彼が繊細に日本語を使う人であることを感謝したい気持ちになった。そこに国境を挟んだ文化の違いは見つけられない。

「今までお世話していた人がいなくなると、ああ、さびしいなと思います。でも、私には語り合える人がいません。部屋に帰っても一人です。そういう時は無性に誰かと話がしたいと思いますね。時々は韓国語で……」

この特別養護老人ホームでは入所待ちリストに一〇〇〇人の名が連ねられている。次の日には新しい人が入ってきて、いつもと変わらない日常が続いていく。

しかし、こうやって日本に馴染んで働き、普通に暮らしていても、ある日、友人と韓国語を話して街を歩いていると、入国管理局の職員に囲まれる。

「いきなり身分証明書を見せろ、と威圧的な態度で言われましたよ。敬語で『申し訳ないのですが』と言うのが筋でしょう。最後まで敬語のひとつもなかった」

二〇一三年三月、ジョデホはこの施設を退職して国へ帰った。

「ずっと馴染んだ日本を離れるのは抵抗がありました。それに人手の足りない職場を離れることに申し訳ない気持ちもあります。でも韓国でも四〇歳を過ぎると働かせてくれる職場は減ります。今が帰国の時だというおじのアドバイスもあり、私も帰ることにしました。帰国したら、知り合いの介護施設で働きます。韓国では済州島《チェジュ》などでビジネスとして医療ツーリズムを立ち上げようとする動きもある。数年後には、おじが立ち上げる施設で日本式介護を現場の職員に教えながら、介護の職に携わっていこうと思っています。将来はグループホームを作りたいですね。一つの家族のようなホームで、お互いタメ口でけんかしながら、仲良くなるような、そんな施設を作りたい」。しかし、正社員ではなかったジョデホに退職金は出ない。

彼を見ていると、介護のプロフェッショナルが世界で活躍できる可能性を感じる。介護先進国である日本は人を行き来させることにより世界に先駆けて介護ビジネスを展開できる可能性をつかみながら、様々な障壁によりそれを生かすことができない。

大原日本語学院の吉岡は言う。

「中国人を例にとれば、主張が強くてわがままと言われます。しかし、素顔は何ら日本人と変わらない。育った社会が違うだけです。言葉というのは、思考や文化という土台があり、それによって制限される。ところが外国人は表面の記号としての言葉を勉強するだけで、中身が変わっていない。単に心の中にあるものを日本語としての記号に置き換えて言っているだけです。すると、たとえどんなに敬語を使っても、なんとなく気持ちが悪いだけで気持ちが伝わらない。日本人は相手の立場に立って考える傾向が強い。そして人に迷惑をかけてはいけない。社会に貢献できる人になれ。我々はそう教育されて育っていると思います。だから、わざわざ自己主張をしないし、わかりきったことを話さない。日本人のコミュニケーションとはそういうものなんだよ、ということを、場面に応じて、彼らに理解させることが大事です。一方で彼らの育った環境は、ストレートにどんどん自己主張していかなければ、自分の権益が守れない。日本人だって向こうで暮らしていけばそういう話し方になる。日本語を教える場合、その言葉の裏側にあるものまで含めて教えていけば、外国人ももっとスムーズに日本社会に溶け込める。我々もまた、それぞれの国のコミュニケーションの裏にあるマインドを知り、彼らのコミュニケーションはそういうものなのだ、と知って教えていくことが必要となってくるでしょう」

日本語教育を国の政策として整備し、いかに外国人を日本社会にうまく受け入れる体制外国人のためになされる議論ではない。日本人が日本国内で、今までどおりの快適な生活を営めるかという我々自身の問題である。これは介護だけの話にとどまらない。少子高齢化により働き手としての外国人に頼らざるを得ない日本人が、いよいよ個人としての心情的な鎖国を解かなければならない日がやってくることを、私たちは知っておく必要があるだろう。

（『集英社クオータリー　ｋｏｔｏｂａ』二〇一三年夏号）

ダブルリミテッド③
移動する子どもたち

前職で日本語を教えていたころ、やるせない気分になることがあった。日本語教師は職業柄、常に学生たちとの会話の中で語彙や文法をチェックするのだが、じっと彼らの言葉に耳を傾けているうちに、思いもかけずその人の人生が透けて見えてしまうことがあったのだ。

たとえば一五年前に勤めていた新大久保の日本語学校では、こんな学習者に会った。彼は額に深い皺を刻んだ中年の中国人コックだった。日本に滞在して四年にもなるのに、「こんにちは」がたどたどしい。「私コク、……コク。日本。来ッテ……」と言ってもどかしげに手で円を描く動作をする。伝えたい。でも、伝えられない。そんな人は水の中でもがいているように見える。

そして彼はある方角を指さした。その先にあったのは、東洋一の歓楽街といわれる新宿歌舞伎町。

「私はコックです。歌舞伎町で皿洗いをしています」。そう言いたいのだ。我々は、彼の日本語に「ゼロ初級」という判定を下していた。日本語能力がゼロに近い入門クラスという意味である。日本に何年もいるが、日本人との付き合いは皆無なのだろう。きらびやかな繁華街の裏側に彼のような人がいる。それが当時、垣間見た日本の姿だった。

普段は意識することはないが、社会では言葉という形のない贈り物を与えたり、受け取ったりして暮らしているものだ。しかし、「こんにちは」というたわいのない挨拶すら受け取り損ねている人がいる。私はその時、この社会の中にある日本語の空白について意識することになった。

そんな昔のことを久しぶりに思い出した。私は日本語教師から転職してフリーのライターになり、日本語教育の現場を取材している。そして、私の前に一人の男の子が座っている。ホセ（仮名）一七歳。ペルー出身。彼はペルーで生まれ育ち、小学五年生の時に日本に来た。日本の公立小学校と公立中学校を卒業。日本の高校を受験し入学したが、学力に不安を持った彼は今、日本国内の南米系外国人学校ムンド・デ・アレグリアに編入しスペイン語で各教科を学んでいる。

履歴を知って、彼の話を聞くと、その「言葉」には様々なことを考えさせられる。

——ホセ君、（歳は）いくつ？

「いくつ？」（いくつの意味が取れていない）

——今何歳？　一五歳？　一六歳？　一七歳？

「ああ。じゅななさい」

——今、スペイン語で授業を受けているけど、学校以外で日本語を話す機会はあるの？

「うん。ホシトキモノノアル……」

——ホシ……、何かな？　もう一回言って。

「ああ……、マックスバリュ……」

——ああ、スーパーね。「買い物する時」ね。「欲しいものがある時」ね。

「そ。欲し……ある時」

——小学生で日本に来て、日本語困らなかった？

「うん。最初わからない。でも、友達。日本人」

——友達と日本語で話した？

「うん。日本語」

実際に対面してみると、内気な少年という感じだ。目が合うと、こちらに向かってにこっとはにかんだ笑顔を見せる。印象だけで見ると彼の言葉少なさは性格のせいだと思ってしまう人もいるのではないだろうか。しかし、ホセが通っていた公立校の教師は気づいていたはずだ。彼の日本語はうまく育っていない。

彼は幼児期をペルーで過ごしたため、「いくつ？」と聞かれた体験がない。小学生になればお小遣いを持って駄菓子やおもちゃを買いに行ったはずだ。しかし「買い物」という言葉が定着していない。彼は日本語の言語体験が圧倒的に少ないまま、日本の小学校に移り、中学三年間を過ごして高校に合格したのだ。「欲しいものがある時」という語順が正しくないことから、日本語の文法を体系的に学んでいないこともわかる。

最も大事な基礎学力を養う時期に、彼はほとんど理解できない授業を毎日四、五時間も受けて過ごしたのだろう。成長期にはその年齢に応じて、学ぶものがある。しかし、彼が逃した時間は戻ってこない。

——日本の先生はどうだった？

「うん、優しかった」

——将来の夢は？

「エンジニア。あと二年で日本語がペラペラになったら、日本に住む」

日系南米人の子弟のための学校ムンド・デ・アレグリア。スペイン語で〝歓《よろこ》びの世界〟という名のこの学校が、静岡県浜松市に設立されたのは二〇〇三年のことだ。ここではペルーの子どもたちにはスペイン語で、ブラジルの子どもたちにはポルトガル語で、本国と同じカリキュラムの授業が行われる。「日本語」の授業も毎日あり、日本文化に親しむための季節の行事も取り入れている。

現在の生徒数は約二〇〇名。幼稚園児から高校生までが在籍している。しかし一年で約半分の子どもたちが学校をやめていってしまう。ある者は国に帰り、ある者は公立の学校へ、またある者は家の都合で仕事に就く。ムンドの日本語教師、岡則子は言う。「彼らは移動する人たちです。うちでずっと過ごすのは片手で数えられるぐらい。子どもたちは国と国、日本人の学校と外国人学校、日本人学校間と、転校を繰り返します。ですから、私たちは、日本と本国どちらでも進学や就職ができるようにすることを目標としています」

学校の朝は、ホールでの国歌斉唱から始まる。まず『君が代』が流れ、ペルーの国歌、そしてブラジル国歌と続く。高く掲げられた国旗を見つめて、小さな子どもたちも左胸に右手を当てて歌いあげる。みなあどけない顔に真剣なまなざしだった。日本で聞く母国の国歌は彼らの耳にどう響くのだろう。後ろの壁には日本語とスペイン語、ポルトガル語でこんなスローガンが掲げられていた。

「教育に国境はありません」

校長は松本雅美《まさみ》。日本人の女性だ。私は彼女に二〇一〇年に初めて取材をしている。「なぜ日本人のあなたが南米人のための学校を作ろうと思ったのですか」。その問いに対して真っ先に発された彼女の言葉が、長い間忘れられなかった。「人にとって最も大切なのは誇りです。自信がないのは人間としてとてもつらいことです」。彼女は子どもたちの尊厳のために、この学校を設立した。

ここまでの彼女の道のりは平坦なものではなかった。一九九〇年、出入国管理及び難民認定法の改正により中南米の日系二世三世に在留資格が与えられた。その翌年、松本は自動車メーカーのスズキに日系人の採用担当兼通訳として採用される。時はバブル経済のただなか、工場は増産体制を取っていた。しかし、どの企業も人手が足りず働き手を求めていた。そこで日系人が大量に採用されることになったのだ。彼らは出稼ぎ目的だったため、第一陣には子どもを伴って来日する者がほとんどいなかった。だから二、三年で帰るだろうと政府は甘い見通しを立てていた。しかし読みは外れる。本国より何十倍も稼げ、社会保障も充実している日本での暮らしは捨てがたく、彼らはやがて本国から子どもたちを呼び寄せ、定住傾向を強めたのである。

日系人たちは日本語をほとんど話せなかった。そして松本のもとには、異なる生活習慣や文化にとまどった日系人から「マサミ、マサミ」と相談の電話がひっきりなしにかかってくる。松本は採用時から空港まで出迎えに行き、衣食住すべての相談に乗った。

転機は二〇〇二年に訪れる。子育てのために会社を退職し、日系人の家庭教師やボランティアをしていた松本に、在東京ペルー総領事館から「教育フォーラムを手伝ってくれないか」という打診があったのだ。これはペルー本国の教師たちから、「日本に出稼ぎに行っている親の子どもが大変なことになっている。帰国しても学校の勉強についてこられないから何とかしてほしい」という陳情があって開かれたものだという。そこで聞かされる深刻な状況に松本は大きな衝撃を受けた。

当時、親たちは「どうせ数年でペルーに帰るのだから学校に通わせてもしかたがない」と子どもを放置したり、下の子の面倒を見させるために、家に置いたままにするなどしていた。

日本政府は日系人の教育問題に無策だった。当初は学校に通っていない未就学児童の数さえ正確には把握できていない状態だったのだ。日本の公立小中学校に通う子も、支援が不十分なまま、日本人の学級にポンと入れられる。多くの日本人は「子どもは適応するのが早いから、日本人の中に入れておけば自然に言葉を覚える」と信じていた。松本は言う。

「私たちがロシア語の教室にいきなり入れられたら、何もわからないでしょう？　子どもたちはそんな状況です」

友達と上手に話せる子にも問題が起きる。たいていの人は、日本語が話せれば日本語能力が備わっていると考えてしまいがちだ。しかし、言葉には様々なレベルのものが混在している。日常言語が理解できても、学習言語が理解できない子どもたちが現れたのだ。

日常言語は、状況や環境から言葉の意味を理解することが可能だ。ごはんを食べながら「おいしい？」と尋ねられれば、すぐに何を聞かれているかは理解できるだろう。しかし、教室の中で使われる抽象的な言葉については、意味を類推するための手掛かりが少なく、頭の中で思考を巡らせなければならない。

たとえば小学校高学年で「人権」という言葉を習う。これは「人間が生まれながらにして持っている社会的権利である」と定義されるが、目に見えず、手にも触れられない抽象概念を、子どもたちが咀嚼《そしゃく》して理解できるようになるまでには、「机」や「給食」という言葉を習得するより、ずっと時間がかかる。母語がある程度習得できているなら、母語を日本語に置き換えれば済む。しかし日本語で抽象概念を獲得していくためには、思考の道具としての「言葉」という土台が必要なのだ。

一般に日常言語は一年から二年で習得できるが、学習言語の獲得には五年から七年かかると言われている。表面的には日本語がペラペラなため言葉の問題と気づかれず、彼らの学習不振は機能的な学習障害や怠惰な国民性が原因なのだとみなされることもあった。

込み入った話になるとついていけなかったり、内面の感情が吐露できなかったりと、思考を組み立てる時の道具としての日本語が育っていない子もいる。形のない心や考えを表す言葉は、自分自身の心情を理解し、表現するのにとても大切だ。胸のあたりに心の痛みを感じた時、それに名前がつかないとしたらどうだろう。せつない、さびしい、ねたましい、こわい、いとおしい、こいしい、にくい、つらい、なつかしい……。言葉によって説明できない苦しさを胸に抱えた子どもは、心の出口を失う。

松本は子どもたちからこんな言葉を聞く。

「マサミ、僕は学校に行っても何もわからないまま、じっと座っているだけ」

その後、日本の学校でも現場の教師から悲鳴が上がり、各種支援教室が立ち上がるが、付け焼き刃の支援ではとても足りないことを現場は実感していた。

しかし松本が最も胸を痛めたのは、子どもたちが日本語を話せないことではなかった。親は生活のため朝早くから夜遅くまで働いており、会話をする機会が少ない。すると、毎日学校で日本語だけを聞いているうちに、いつの間にか親の話す言葉がわからなくなってしまう子どもたちが出てきたのだ。親との共通言語である母語の喪失である。その中には日本語能力が身についていない段階で、母語を失ってしまうダブルリミテッドの状態になる者もいた。

ダブルリミテッドとは、日本語も母語も年齢相応の言語力に達していないことをいう。これは帰国子女の間では以前から問題となっており、移民先進国のアメリカやカナダでは古くからその対策について検討されてきた。以前は、セミリンガルと言われていたが、「セミ」という言葉に否定的な響きがあることから、現在はダブルリミテッドと称されるのが一般的だ。

子どもが母語を失うと、親と交わせる会話は簡単な挨拶と日常会話のみ。親に自分の想いが伝えられず、親の想いが子に伝わらない。家族にとって深刻な状況であり、子どもの心の成長に重大な影響を与える。

当時、松本が家庭教師をしていた子が、母語を喪失していた。

「週に二日、二時間勉強を教えにいくと、一時間は身の上相談でした。母親とは簡単なスペイン語会話しか交わせない。当時彼女は日本人の学校に通っていたんですが、いじめられていると感じていたようで、その悩みを打ち明けてくるんですね。私が家庭教師を辞めた次の年、彼女はリストカットしました。でも、そのことを聞いたのは担任教師からだったんです。親はそれを知らなかったそうです。最初に気づけなかったのは親としてもつらかったでしょう。親にとっても子どもにとっても悲劇です」

松本は子どもたちのことを一番に考えるなら、まずは母語だと考えたのだ。

「言葉なんて、一つの言語がしっかり育っていれば、後からいくらでも学習できる。何よりもまず、人間の基礎として親と言葉が交わせることが必要だと思いました。子どもたちは今後、ペルーで就職するのか、日本で暮らすのかわかりません。そうであるならば、まずは親の国の言葉をしっかり習得すべきなんです」

故郷とは土地のことだけをさすのではない。言葉もまた故郷だ。人は言葉を獲得していく中で、言葉の土台となるカルチャー、歴史、伝統、習慣、風土を学んでいき、言葉の中に自らのアイデンティティを見つける。その言葉は、家族によってまずは伝えられるべきだというのが松本の考え方だ。彼女は心のよりどころになる母語を話せることこそ、子どもたちの自信につながるのだと言う。

「自信がある子は、困難に遭遇しても人のせいにはしないものです。でも自分に自信がない人間はすぐに環境のせいにする。『日本にいたから自分はこうなった』と思ってほしくないのです。日本の学校でいじめられた子は日本人や日本を恨んでうちの学校に来る。でも、少なくとも私が日本人であることで、彼らは日本を嫌わずに済むでしょう?」

松本はペルー人の親たちに懇願される形で、二〇〇三年、ムンド・デ・アレグリアを設立する。南米人の子どものための学校だ。

しかし、多文化共生は言葉で言うほど甘くはなかった。

「本当に、信じられない思いでした」

松本はため息をつく。「学校を作ってくれと泣いて懇願したペルー人自身は、自分の子どもを入学させなかったんです。落胆というより驚きました。五〇人の親が説明会に来ましたが、実際に子どもを入学させたのは一三人。ペルー人の友人に言わせると、ペルー人はとりあえず言ってみる。信頼するのに時間がかかる。そして平気で前言を翻す、と。理解できませんでした」

さらに日本の行政もこの取り組みには冷淡だった。公立校でついていけない子どもたちの支援なのだから、当然行政の手助けがあると松本は考えていた。しかし、市や公民館の空きスペースは「私塾」には貸せないという。不動産屋を当たっても、「外国人」が「集まる」というだけで断られた。やっと古い空き事務所を借りることができたが、人件費、光熱費、賃貸料などの経費がかさみ、授業料、給食費、教材費、送迎費を合わせて月謝が四万五〇〇〇円になった。子だくさんの日系人には重い負担となる。学校の赤字はかさみ、松本個人の預金はみるみるうちに減っていった。

「なんとかして助成金を出してもらおうと、文科省、静岡県、浜松市へと何度も相談に足を運びました。でも各種学校の認可を得るためには自前の校舎であることが必要だと言うのです」

その間も授業料を払えない子どもたちがやめていく。「自前の校舎」。その条件が障害になって認可が下りない。

松本は後には引けなかった。

「日本で生まれて日本で育ち、小学四年生になった子がいました。うちの学校に編入してきて、日本語の教師がその子に絵本を読ませたところ、『悲しい』という言葉がわからなかったんです。ペルー人の教師にも確認してみると、スペイン語でも『悲しい』という言葉を知らなかった。私がその子たちの手を離すわけにはいきませんでした」

何度もの陳情の末、浜松市の国際課（当時は国際室）が各種学校の認可が下りるよう支援をしてくれた。そしてようやく二〇〇四年、南米系外国人学校としては初めて各種学校の認可を受けたのである。「これで助かった。助成金が下りる」。そう、ほっとしたのもつかの間、市からの助成金は年間一〇〇万円だという知らせがもたらされる。「全然足りない……」。この金額では月謝を千円安くするのがやっとだ。助成金に希望をつないでいた松本は、とうとう閉校を決意する。

しかし、そこに助け舟が出された。学校の危機を知った地元企業五一社が、援助を申し出てくれたのだ。「地獄に仏とはこのことでした」。市の助成金と複数の企業の寄付により、学校はなんとか存続している。

二〇一〇年には浜松市の外国人学習支援センターの二階に校舎を借りられることになった。現在ではブラジル人の教室も併設され、ボリビア、パラグアイ、インドの生徒も在籍する。

学校では毎日「日本語」の授業が行われている。今回は日本語上級の授業を見学させてもらった。子どもたちは高校一年生から三年生で、ブラジル人、ペルー人の混成クラスだ。設定は弟が借りた傘を職員室に返しに行く場面だ。傘を返す生徒役がドアをノックして深く一礼する。

「失礼いたします。先生……。ちょっと、よろしいでしょうか」

ここでは敬語表現はもちろんのこと、教師との立ち位置、ものの渡し方まで指導が入る。

「遠くから大きな声で呼びかけたらいけません。静かにそばに行って斜め後ろから声をかけること。目上の人にものを渡す時は、両手を添えてそっと渡すんですよ。片手で乱暴に渡してはだめ」

生徒はロールプレイを続ける。

「昨日は、傘を貸していただいてありがとうございました。お母さんがありがとうと申しておりました」

教師の訂正が入る。

「お母さんじゃなくて……」

「あ、母がありがとうと申しておりました」

発音は流暢《りゅうちょう》だったりぎこちなかったりとそれぞれだが、丁寧な尊敬表現で、見ているこちらにも誠意が伝わってくる。授業について、教師の岡はこう説明する。

「本人にそんなつもりは全然なくても、ボディランゲージには文化の違いがあって、失礼な態度だと誤解されることが多いんです。礼儀はしっかり教えていきます。彼らはいずれ社会に出ていくので、その時に日本人とうまくやっていけるように教育していかなければなりません」

高校を卒業するまでは学校や親の責任を問うことができるが、社会に出たらどんな環境で育ったとしても自己責任になってしまう。どこまでが彼らの責任だろうか。私は久しぶりに社会問題という言葉を思い出していた。社会問題なんて手垢《てあか》のついた一昔前の言葉だ。

しかし、子どもたちの「言葉」に映し出されるのは紛れもなくこの国の姿だ。ダブルリミテッドとは子どもが当たり前にもらうはずの「言葉」という贈り物を、なんらかの原因でもらい損ねた状態である。二国間を移動する子どもたちは、適切に学びさえすればバイリンガルとなり、日本の経済発展に寄与する人材になる。しかし学ぶ機会を失うと、若いうちから失業し、生活保護を受けることもあり得る。今ではダブルリミテッドのままで育った親が、子どもを育てる年齢にさしかかっているという。より問題は見えにくくなり、言葉の空白は広がる。私は新大久保で会った孤独な中国人コックを思い出す。彼は日本で得るべきだった言葉を取り戻すために日本語学校にやってきた。ムンドもまた言葉を取り戻すための子どもたちのサンクチュアリとして存在する。

取材の翌日に松本からメールが来た。ここのところ、ずっと落ち込んでいた生徒の一人が急に泣き出し、松本にこう打ち明けたというのだ。

「マツモト先生、僕は学校をやめさせられる。どうか学校をやめさせないように親を説得して。お父さんが失業したから、僕は日本人の学校に行かされる。僕は日本の学校に行っても、ペルーの学校に行っても『外人』と言われる」

彼女はその日、彼の親を呼び出して、奨学金を出すから子どもをやめさせないように説得した。松本は子どもたちの手を離そうとはしない。誰かが彼らに言葉を贈ってやらなければならないことを知っているからだ。

「毎日戦っています」。そんな言葉でメールは締めくくられていた。

（『集英社クオータリー　ｋｏｔｏｂａ』二〇一三年秋号）

ダブルリミテッド④
言葉は単なる道具ではない

東京から新幹線と在来線を乗り継ぎ、約五時間。秋田県能代《のしろ》市の小さな駅、東能代に着くと、日も暮れて、すでに人影がない。一〇月だというのに、冬のコートを羽織っていても、凍えるような寒さだ。

「寒いでしょう？　ここらへんは、海の近くだから雪は積もらねえで、吹っ飛ぶんですよ。でも、ここの寒さはこんなもんではないですよ。顔が、しもやけになるのよ」

迎えに出てくれた、のしろ日本語学習会の代表、北川裕子《ゆうこ》は気さくな人でよく笑う。

私は、日本に住む外国人の子どもたちの日本語教育を知るために、この小さな町にやってきた。

「うちに今、この学級の子どもが来て、ごはん食べさせてたのよ。遠くから来ている子は教室の始まる時間が来るまでうちで預かるの」

駅前は昭和四〇年代の面影をいまだ残しており、シャッターが閉まっている店も多い。それがいっそう体感温度を下げる。背の低い建物の上には、大きな空が広がっていて、そこに灰色の雲が浮かんでいた。

能代市の人口は約五万九〇〇〇人。そのうち外国人登録者数は二六〇人。その八割が日本人の配偶者だ（平成二三年調べ）。若者の多くは職を求めて、高校を卒業すると東京に出てしまうため、地元に残る男性の嫁不足を補う形で、中国やフィリピンから若い女性が嫁いできている。彼女たちは工場で雇われている労働者などとは異なり、同国人のコミュニティが形成できない。身ひとつで、日本人家庭に飛び込んでいかざるを得ないのだ。その彼女たちが周囲と馴染めず、孤立した状態に置かれると、子育てに影響が出るし、子どもの言語能力にも響いてしまう。

しかし、大学もないこの地方都市に、日本語教育界に名の知れた日本語教室がある。それが、のしろ日本語学習会だ。

火曜日の夜七時が近づくと、小さな公民館の一角に、子どもたちが続々と集まってくる。小学生から高校生まで年齢はまちまちだ。この日本語教室は週に二回、火曜日と木曜日に開かれる。火曜日は主に子どもたちが集まる。大人の学習者、ボランティアたちも顔を出し、自由な並びで座るとめいめいの教材を開く。登録している学習者は約六〇名。ボランティアは約二〇名だ。子どもたちは学校から持ち帰った宿題や、各教科の勉強をしている。生まれてからしばらく外国で過ごしていた子どもたちには日本語を教える。この日は、かけ算、歴史、漢字の書き取りなどをしていた。手元を覗いて感心した。しっかりとした字で丁寧にドリルをこなしている。子どもたちに話しかけてみると、敬語できちんと意見を述べる。

外国人家庭の子どもは、日本語に触れる機会が相対的に少なくなるため、就学前にすでに日本語能力に差が出てしまうことがある。もし意識的な教育が行われず日本語能力の未熟さが見過ごされてしまうと、高校受験時になってから子どもたちがハンデを背負う可能性がある。さらに学校に行き始めると親とのコミュニケーションの不足から、親の言語を理解できなくなってしまうこともある。この日本語教室では、子どもたちにどんなケアをしているのだろう。

「この子たちのことは、母親のおなかの中にいる時から知ってんだもの。生まれた時から、私が日本のお母さんみたいなもので、ずっと勉強を見てきたんですよ。お母さんが日本に連れてきた日本語が話せない子たちには、まず、きちんと日本語の基礎を教えます。それ以外の教科も面倒みます」

北川がこの地で日本語教室を開いてから約二〇年。そのきっかけになったのは、高校を卒業してから、都内の貿易会社に勤めるために中国語を学んだことだった。東京に出てからすぐに母親が倒れ、介護で地元に戻っていたところ、能代に帰ってきた中国残留婦人、中国残留孤児の世話を委託されることになった。

「まだ若かったから、彼らのことをよく知らなくてね。通訳として生き別れた肉親との面会についていったけど、そこで見た光景にショックを受けました」

北川が通訳をした中国残留婦人は、日本人の家族に、ほんの一握りの米と引き換えに五〇も年の離れた中国人男性と結婚させられた。当時、彼女はまだ一四歳だった。この人は、いつか日本に帰ったら親に復讐をしてやると、長い年月、家族を恨んで生きてきたのだ。彼女は実の母親に会うなり、胸ぐらをつかむと「なぜ、私を置いて日本に帰った！　なぜ、私を捨てた！」と泣き叫んだ。

三歳で子どものいない中国人夫婦に預けられた男性は、五人兄弟の下から二番目。下には弟がいた。しかし、彼だけが中国に残されたのである。首にかけられた実の親からのお守りだけが彼が日本人であることの証《あかし》だった。ある日、彼は育ての親に出生の秘密を告げられる。中国人の母親は彼にこう諭したという。「もし、私があなたのお母さんの立場だったら、毎日あなたのことを心配するでしょう。お母さんに会って元気だと伝えなさい」。彼には母親に会ったらひとつだけ尋ねてみたいことがあった。「なぜ、一番下の弟ではなく、私だけを中国に置いていったのですか?」。対面した母親は、泣きながらこう答えた。「兄弟の中であなたが一番ニコニコして、かわいかったのよ。あなたなら、きっと中国の両親にかわいがってもらえるはずだと思ったの」。それを聞くと男性は泣き崩れた。

中国残留者たちの戦争は終わっていなかった。九〇年代、日本は中国よりずっと豊かになっていた。日本人は彼らを忘れたかのように車を持ち、高いビルに囲まれて生活している。

「私は日本と中国の歴史について、なんにも知らなかったのよ。そんな自分が悔しくてね。歴史をうんと勉強しました」

北川は中国残留者の帰国支援のために日本語を教えようとした。しかし、日本語を話せるのと教えられるのとはまったく違うことに気づき、自費で日本語教育講座に通い始め熱心に勉強をした。のしろ日本語学習会を開いて外国人に日本語を教え始めたのもその頃だ。

ほかの地域と同じように、外国人に対する偏見がなかったわけではない。ある者は、北川にそっと近づき、顔を寄せてささやいた。「外国人なんかと付き合うのはやめとけ。あんたにとって、なんもいいことはない」。北川は目に見えない差別意識に驚いた。「どこの国の人だろうが、困っていたら助けるでしょう? 私は『人間』支援をしているんです」

古いしきたりの中で外国人の女性が生きていくのは、並大抵のことではない。ある中国人学習者の作文には、こんな苦労がつづられていた。

「日本で実際に主婦になるのは思っていた以上に大変でした。毎日の家事、畑や田んぼの仕事、育児など、いくら必死に頑張っても嫁なのだから当たり前。ありがとうぐらい言ってほしいと思っても誰も言ってはくれません。私はお手伝いさんになるために結婚したのかと泣いたこともありました」。「日本の風習がわからない私は次男のお嫁さんを真似ていろいろなことを覚えようとしたのですが、叱られてしまったのです。『あなたは長男の嫁だから』と言われたのですが、長男の嫁と次男の嫁は何が違うのか、長男の嫁はどうすればよいのかだれも教えてくれません。そんなことは常識だとか考えたらわかるでしょうと言われましたが、日本で生まれ育った人なら判断できるかもしれませんが、文化も習慣も違う私には考えてもわからないことばかりでした」

周りは日本人ばかりで、誰にも相談できない。一人で思い悩む外国人妻たちの嘆きを、北川は受け止めた。暴力を振るわれたと真夜中に電話がかかってきたこともある。

「でもね、私は甘やかさないのよ」と、北川は言う。

「まずは彼女たちに、本気で日本語を学ばせました。冷たいかもしんないけど、『こんな難しいことできない』って泣くお母さんがいても、慰めたりしない。『勉強する気ないいなら、帰って』って言うんですよ。私がその人の代わりに学ぶこともできないし、日本語ができなくて困るのも、馬鹿にされるのも本人だもの。『日本人の親じゃないから、子育てもロクにできない』って言われたら悔しいでしょう？　『子どもが学校でもらってくるプリントも満足に読めなくて困らない？　困るのはあなたなんだよ』って私は言うの。『よし、よし』って慰めるのは簡単です。いい人でいるのは簡単。でも、私がいつまでも傍《かたわ》らにいられるわけではない。腹をくくって、母親として子どもを育てて生きていかなきゃいけないんですよ。

日本語はわかんなくてもいいの。当たり前。でも、自分は何がわからないかをしっかり説明できなければダメ。わからないことを、わからないと言える人だけが伸びます。私は、恥ずかしがらずに『わからない』と言える方法を教えるの。『ここがわからないから教えて』って言えば、日本人は親切だから、みんな教えてくれるよ。きちんとわからないと言って助けを求められる人になりなさい、って私は言うのよ。考えてみて。完璧な人間なんかいない。日本人だって、わかんないところはいっぱいある。みーんな、誰かに聞くんだよ。外国人だってわかんなかったら聞けばいいのよ」

「わかった」「大丈夫」と簡単に言う人には類似の問題を解かせて、わからないことをわからせる。「ほら、まだわかってないでしょう」と諭した。さらに彼女は、学習者に結果を出すことも求める。

「ここの学習者たちには、日本語能力試験を受けさせます。嫁に読み書きなんか必要ないって言う人もいる。でも、試験に受かる能力を身につければ自動車の免許も取れる。学校のお知らせも読めるようになるし、通信簿の家庭欄も書けるでしょう？　日本で生きていく気があるなら、読み書きはどうしても必要なんですよ」

彼女たちを、ただ日本語ができないという理由だけで、「馬鹿だ」「怠け者だ」と言わせない、という北川の切なる想いが見え隠れした。

「子どもを連れて逃げ出したいという人には、何度も説得しましたよ。『ここで逃げても、同じだよ。ここで頑張んなきゃ、子どもも逃げ出す子に育つよ。あなた、子どもに何て言うの』って。みんな、逞しいよ。私の前でいっぱい泣いて、愚痴を言うでしょう。そうすると次に会ったときには『私、頑張る』って。もう帰るって言わなくなるんですよ」

生きるために日本語を使うことは、生易しいことではなかった。彼女は外国人の母親に覚悟を求めた。

「私はね。お母さんたちに、子どもは日本語で育てなさいって言うの。自分たちの言葉で育てたい気持ちは痛いほどわかる。でもね、子どもたちが、日本語ができないからと馬鹿にされたり、友達ができなかったら、自分に自信を持つこともできなくなる。子どもたちは大きくなったら黙っていても自分の国のことを勉強するようになる。まずはひとつの言葉を完璧にすること。だからこらえなさい。日本語で子育てしなさいと言うの」

女性たちは子どもを産み、生後四か月にもなると、赤ん坊を籠に入れて教室にやってくる。仕事と家事で忙しい中、女性たちは自分たちの生き残りをかけて、必死になって勉強を再開する。その親を見ながら、子どもは大きくなるのだ。親さえ覚悟ができていれば、子どもの心は安定する。どうやって生きるかの手本は、母親の背中にあった。

公民館で開かれている小さな教室だ。子どもたちを学年ごとに分けたりなどできないが、それがかえってよかった。小さな子は、大きな子どもたちをお手本に学んでいく。母親の連れ子として、国を離れて日本に来た子どもたちが、日本語ができずに躓《つまず》くと、北川は教室にいる子どもたちを指さす。

「ほら、見てごらん。あの子も、あの子も、あの子も、全然日本語が話せなかったんだよ。今はペラペラだよ」。すると子どもは、根気よく日本語を学び始めるという。まずは、日本語の教科書を使って文法や語彙を教え込む。さらに学校の勉強に遅れないように各教科の指導を行う。日本語教師の知識があるからこそ、躓《つまず》きの原因が「日本語」であるのか、「教科」そのものであるのか、わかるという。

高校進学率は一〇〇パーセント。北川は合格の挨拶に来る子どもたちにこう呼びかける。

「ますます勉強が大変になって、つらいことはいっぱいあると思う。でも、小さい子どもたちの手本になってほしいの。絶対に学校をやめたらいけない。もし、北川先生ありがとう、って言うなら、今度はあなたたちが小さい子たちの勉強を手伝ってあげなさい」

不思議だった。この教室には目新しいことなどひとつもなかったのだ。私は、昔からこんな光景を知っていた。近所のおじさん、おばさんたちが、生きていくために必要な技能としての、読み書きやそろばんを教える教室だ。その指導は礼儀や行儀にも及んで、年長者が年少者のお手本になる。冬になればしるこをふるまい、焼き芋を「持っていけ」と持たせてくれる。そんな母親のような先生たちがかつて私の周りにもいた。彼らが教えているのは「生きていくための技能」であり、「本物の言葉」である。

北川は外部からも先生たちを招いて、いろいろな技能を教えた。

「習字は、せめて自分の名前が書けるようにと先生に指導をしてもらっています。なぜって、金封に自分の名前が書けないと困るでしょう？　祝儀、不祝儀にはいくらか包む。それが、日本式お付き合いの基本だもの。お花の先生に来てもらえば、座布団の座り方も学べるんですよ。日本人なら多少乱暴でも許されるけど、中国人が乱暴に座ると、『がさつだ』と言われる。料理教室は、子どもが恥ずかしく思わないお弁当を作らせるためです」

外部から講師が来れば、どういう場面で敬語を使うかが理解できるし、講師も、この学校がどんなことをしているかを理解する機会となる。行儀のいい子どもたちを見て、「教室の子は、いい子たちだよ」と周囲に宣伝してくれるのだ。

教室の子どもたちに菓子を買っていくと、教室の一番小さい子たちがそれを配る。一人一人の前に立つと、「お客さんからのおみやげです。どうぞ」と、挨拶をして回るのだ。それは隣に回覧板を持っていったり、いただきものを配るという近所とのつながり方の練習でもある。この係は代々、教室の一番小さな子に割り当てられるそうだ。みやげは公民館の「守衛さん」にも行きわたる。子どもたちの後をついていくと、子どもは「東京から来たお客さんからのおみやげです」ときちんと挨拶をしていた。おすそわけを受け取った白髪の人のよさそうな初老の男性が、子どもたちに「ごくろうさん。ありがとうねえ」と言って頭を下げた。

共同体のつながりの中で、子どもは敬語から縦の仕組みを知り、異なる年齢の子どもたちの中で、自分の座標を手に入れる。人と人との関係性の中で実際に使われなければ、いくらロールプレイをしてみても、言葉はうまく機能しない。彼らは、獲得した言葉で本物の世界と対峙し、そこで新たな言葉を獲得し、それらを使ってさらに社会との関係性を編み上げていく。彼らの言葉は、生きていくうえでの「根っこ」だ。根が深ければ深いほど、彼らは上に伸びていける。こののしろ日本語学習会も能代市の委託を受けるなど、地域との連携を深めている。

北川は最近、子どもたち三人を研修旅行に連れていった。行き先は広島。原爆ドームなどを巡る旅だ。かつて彼女が帰国した中国残留婦人たちに教わった戦争の悲惨さを、今度は、外国から来た子どもたちに伝えるためだ。取材に入った日、この研修旅行の発表会が行われ、二人の中学生が、広島を通じて考えたことを報告した。彼女たちはいずれも、自分が生まれ育った祖国の歴史と日本の広島を重ね合わせた。

パキスタン出身で中学二年生のバティ・タエバは、パキスタンで自国の歴史を勉強してから日本に来た。独立前のパキスタンではイスラム教徒が迫害され、子どもがさらわれて殺されたり、礼拝をすることさえ許されなかったと、国の歴史を語った。そして、広島で亡くなった人たちと重ね合わせて、平和の大切さを訴えた。

同じく中学二年生の沼口直美は、日本人の父親とフィリピン人の母親を持ち、祖父母にフィリピンで育てられた。九歳の時に両親が店を構えたのと同時に日本に来たため、フィリピンの歴史を勉強したことがなかったという。そこで自国の歴史を勉強してみようと祖父母に聞いて、初めて耳にしたのが、旧日本軍による侵攻の歴史だ。直美は言う。「きっと、自分たちがすごく悲しい思いをしたから、私たちに聞かせたくなかったのでしょう。フィリピンでも広島でも、悲しい思いをした人はたくさんいる。平和は大事だと思います」

タエバも直美も、日本語を話さずに育ち、日本に来てから勉強を始めた。しかし、これほど自分の思いをしっかり話せる中学生は、あまりいないだろう。

直美はこう語った。

「日本に来たときは、あいうえおから始めました。自分の父の国なのに、言語がわからない。友達もできないし、授業を受けていてもわからないのでつらかった思い出があります。ここでボランティアの人が教えてくれたり、学校でも隣について勉強を教えてくれる人がいて、だんだんわかるようになってきました。北川先生は私たちの先生というよりはお母さんです。日本語を教えてくれるだけでなく、自分の悩みを聞いてくれましたし、勉強も楽しく教えてくれて気軽に話せました。

フィリピンに帰りたいと思うことは、何回もありました。私は、日本に来て、一学年下げて学校に通っています。つらかったんですが、『そんなのは大人になってからは関係ないよ、言葉をいっぱい知っていることは仕事にも役に立つから、自分の夢に向かって頑張ろう』って言ってくれました。私はふたつのルーツを持っていてよかった。ほかの人はフィリピンか日本のどちらかですが、私は両方の国を知っているから。もちろん、苦労することはたくさんあります。勉強が難しくなって、ついていくので精いっぱいです。でも将来は、もっと勉強して世界を渡り歩きたい。英語、タガログ語、ピジン、そして、日本語。いろいろな言語を知っているので、世界で活躍する人になりたいんです。将来の夢はファッションデザイナー。そして、ボランティアで私のように困っている子どもたちに言葉を教えたいと思っています」

言葉の習得には、まず自分を受け止めてくれるという安心感と信頼が必要だという。北川は「この地域が子どもたちを温かく受け入れているから、言葉が伸びていくんです。いじめもありません」と言う。心を許せる環境であれば、子どもたちは、やがて自分たちの体験を語るようになる。その物語が、新しく日本語を習得する子どもたちに引き継がれ、言葉を学ぶ際の道しるべとなる。

子どもたちが自分たちのことを語らなければ、社会が空白を持ってしまう。だから、どんな境遇であろうと、子どもたちには、自分自身のことを伝えてもらいたいと願う。

北川はこう述べる。

「言葉は単なる道具ではありません。言葉を操るだけの人間にはならないでほしいんです。まず心。それがなくては、言葉自体に意味がなくなります。中国帰国家族への支援から始めた日本語教室は、自分自身の生き方を考える活動でもありました。教室の受講生たちには、『あんなにシャカリキに自分たちと向き合ってくれた日本人がいた』と。そう、思い出してもらえたら、私はそれだけで満足なんですよ」

（『集英社クオータリー　ｋｏｔｏｂａ』二〇一四年冬号）

会えない旅

午前七時過ぎに起きると、部屋はすでに明るい。カーテンを開けながらiPhoneの乗り換えナビで行き先「塩釜《しおがま》」と入れて列車の時刻を調べる。マンションの高層階の窓から外を眺めると、住宅街は節分にふさわしく乳白色に霞《かすみ》がかっていた。

キッチンに行きネスカフェのインスタントコーヒーをスプーンで二さじ、クリープをひとさじマグカップの中に入れるとポットから湯を注ぐ。片手でマグカップを持ったまま家族の洗濯物をドラム式の洗濯機に放り込み、洗濯・乾燥コースのスイッチを入れた。子ども部屋のドアを開けて、大学二年生と高校生三年生の息子ふたりに声をかける。「あんたたち、勝手にご飯作って適当に食べなさい」ひとりは布団の中から手を振り、ひとりはぴくりとも動かない。私たち親子は堕落の一途をたどっている。外のポストに差し込まれた新聞を玄関へ投げこむと私は家を出た。

自宅のある横浜から横須賀線で東京駅まで向かい、そこから東北新幹線に乗り換える。飛び乗ってから全席指定であることに気づいた。車掌を呼びとめ席を確保し座る。新幹線は大宮を過ぎていた。車窓は変わり映えのしないありふれた町の風景を繰り返し映している。私はカバンの中から昨日プリントアウトしたテープ起こしの原稿を取りだし、目を通していった。

私が「旅を目的とする旅」をしなくなってから、いったいどれぐらい経つだろう。今、旅は取材と称して人に会うためのただの移動になってしまっている。かつて、私にも旅に焦がれた時期があった。しかし二三歳で家庭を持ってからは、旅は子どもたちが安全に楽しむための保護が目的となり、仕事を始めてからは取材のための出張ばかりで、いつの間にか旅がすっかり下手になってしまった。もし、どこへでも好きなところへ行ってもいいよ、と言われたらどうするだろうか。

私は窓の外の光景を見やる。会いたいのは〝無量〟という四〇代の僧侶だ。彼と出会ったのは二〇一〇年の一一月だった。当時私は新宿歌舞伎町駆け込み寺（現・日本駆け込み寺）が発行するメルマガの編集に携わっていた。そこは玄秀盛という人が開いたよろず相談所で、人生に行き詰まった人が助けを求めてやってくる。玄は複雑な家庭環境で育ち、やがて大阪・西成《にしなり》で人夫出しと言われる手配師をして財を成した。ところがある日、自らが白血病ウイルスのキャリアであることを知り、家族も財産も捨てて東洋一の歓楽街、歌舞伎町に駆け込み寺を作った。

彼の生き様に惹かれ、多くの人が救いを求めにやってくる。形相が変わるほど殴られながらも男のために体を売って貢ぐことをやめられない元派遣OL、自分を騙したキャバクラ嬢を殺してやりたいと泣く初老の男、自分が性的マイノリティであることに気づいてしまったエリート会社員。そんな彼らの悩みに対する玄秀盛の回答を文章にしてまとめるのが私の仕事だ。デリヘル嬢の白い太ももに残った大きな青痣《あおあざ》や、人殺しを思いとどまるために通ってきている男の青黒い顔の色。彼らの人生を不幸とも過剰とも思えなかった。万華鏡のように様々な模様はしていたが、生きていることに付随する悩みは、みなどこか似通っている。最初は、現実世界にこのようなことがあるのかと驚いていたが、千字足らずの文章にしてしまうとそれはいつの間にか定型化してしまう。そして次第に驚かなくもなり、慣れてしまった。繰り返すのはいつも同じ。欲望と絶望。その振れ幅が大きいか小さいかだけで、誰でも同じような苦しみを抱いている。書き慣れると、人の不幸に不感症となる。魚を下ろすように淡々と他人の人生を書く自分にも倦み、結局二年しかその仕事は続かなかった。

私と入れ替わるようにして駆け込み寺に玄の弟子になりたいという男が現れた。初冬だというのに裸足にわらじ、薄手の作務衣を着てニコニコと笑う丸顔の男だった。米一俵をみやげに、その日から歌舞伎町駆け込み寺で相談員として働き始めた。それが無量だ。時折宮城訛りの交じるおおらかな喋り方と、明るい笑い声で、彼はすぐに相談者の心をつかんだ。だが、様々な過去を持つ人が集う駆け込み寺にあって、彼もまた例外ではない。背中には臀部《でんぶ》から肩にかけて大きな龍の彫り物があった。

私はほかの仕事を始めた。海外で亡くなった人の遺体を搬送する仕事について書くことだ。遺族へのインタビューに際して彼らがどんな気持ちであるのか、知らなければならなかった。そこで、古巣の駆け込み寺に戻って、小さな子を亡くした経験を持つ彼に話を聞くことにしたのだ。

プリントアウトされた無量の言葉はこう始まっている。

「最初に知らせを受けたのは牛舎の屋根の上だった。嫁の家は酪農をやっていて、それを継ごうと俺は宮城県内で農業研修を受けていたのよ。あれは雪の日だった。あたりは一面真っ白でさあ。牛の息の音がするぐらい静かな日だったよ。そこに、突然電話が鳴った。妊婦健診に行ってた嫁から泣きながら電話が来たんだ。『とにかく来て。急いで』って。『なんだ、何が起こったんだ』と思ってとにかく医者に行った。そうしたら言われたんだ。

『お腹のお子さんは先天性異常の疑いがある』って……」

検査の結果、胎児は一八トリソミーと診断された。妊娠八か月のことだ。一八トリソミーは遺伝子の病気で一年後の生存率は非常に低い。心臓疾患のほか、肺の異常、口蓋裂《こうがいれつ》などが起こる場合も多く、重度の発達遅延により死に至る。

「それから毎日のように妻は泣きながら俺に聞くんだよ。『なんでうちの子なの?』って。答えられるわけねぇべ。黙っていると妻は背中を向けて、『なんでわかってくれないの?』ってまた泣いて。守ってあげたくて、よく抱っこして寝たよ。お腹の中では子どもが動く。『今、蹴った』って言うんだ。だから、余計『こんなに元気なのにどうして?』と思ったさ。うちの子はすごく強い子だった。こんな病気があって流産しないなんてすごく強い子だと。だから、もしかして……という気持ちがあった。もしかして、生き延びるんじゃないかってね……」

一八トリソミーの中でもモザイクといわれる比較的軽微な異常の場合もある。ネットで調べるとモザイクの子が七歳を迎えていた。

「だから思ったのさ……。うちの子もひょっとしたら……ってね。半分希望を抱き、半分やっぱり駄目だろうかと泣いた」

それから無量は仕事を休んで出産を待った。そして四月一七日、妻は正常分娩で子どもを産む。二二〇〇グラム、初めて会った娘は本当に小さかった。「生まれた子どもは最初泣かなかったんだ。チアノーゼで真っ青になっていてね。でも、看護師さんにマッサージしてもらったら大きな声で泣いたんだよ。オギャー、オギャーと大きな声で……」

子どもはモザイクではなく完全なトリソミーだった。ふたりは失望したが、それを補ってあまりあるほど娘は愛しかった。無量は娘にあぐりと名づける。彼の目指すアグリカルチャーから取った。あぐりにつきっきりの夫婦に、病院は空いている病室を用意してくれた。そこであぐりと三人、家族一緒の生活が始まる。彼にとって夢に見た子どものいる生活だった。あぐりは肺に疾患があるため酸素吸入用のチューブが鼻に差し込まれてはいたが、ふたりはあぐりを抱くことができた。

しかし懸命の育児にもかかわらず、あぐりの体重は日に日に減っていく。夫婦二人でその体重の増減に一喜一憂した。無量はできる限り三人で一緒にいた。彼にできることはそれだけだったからだ。無量は毎日が愛しく、幸せだったと回想する。

「本当に娘はかわいかった。めちゃくちゃかわいかった」

しかし誕生からちょうど百日目。最愛の娘の容態は急変する。

原稿から目を上げると、新幹線の車内は八割方乗客で埋まっていた。暖房は十分に効いていて、暑いぐらいだ。隣を見ると腕組みをした中年の男が眠りこけている。テーブルには競馬新聞が広げてあり、ワンカップ大関が文鎮代わりに載せてあった。斜め前には初老の女性の三人組。帰省だろうか、網棚には大きな荷物。女は首に派手なスカーフを巻いて、東北訛りであけすけに親族の噂話をしている。窓の外には雪を頂《いただき》に載せた山々が見えていた。通り過ぎようとした車内販売員を呼びとめコーヒーを頼む。コーヒーの味はどうでもよかった。ただのカフェイン中毒だ……。一口苦い液体をのどに流し込みながら私は思う。

彼に会えるだろうか。

無量はあぐりが生まれる前にひとつの夢を持っていた。

「女房はおてんばな子でね、女房に似たらきっと子どももおてんばだろうと思っていた。だから広い牧場を作ってさ、子どもを自由に駆け回らせて、木に登らせたり、自由にやらせようと思っていたのさ。でも、あぐりは先天性の病気がある。きっと学校に行けないだろう。さびしいだろうなあと思ったよ。だから近所の子どもたちが遊びに集まってこられるようにふれあい牧場を作って羊を飼おうと思ってね。まず、二匹を飼い始めたのよ。雄一匹と、雌が二匹。その面倒を見に家に帰っているうちに俺の腹が痛くなったんだよね。調べてみたら盲腸だった。夜に手術をしたんだけど、朝に電話がかかってきてね。『あぐりの様子がおかしい』っていうんだ」

その病院から二時間、無量は手術したばかりの身体で自ら運転してあぐりの元へと急ぐ。到着するとあぐりのそばを離れなかった。「あぐり、パパが来たぞ！」

あぐりは集中治療室にいた。だが彼が来ると奇跡のように症状がやわらいだという。看護師はこう言った。「お父さんを待っていたのかな」。無量にはその言葉が嬉しかった。いつも無量が抱くと泣きやむ娘だった。

病状が安定したため集中治療室を出てあぐりは病室に戻り、無量は娘と夜を過ごした。

「そういえば誕生日から百日目だ。お食い初《ぞ》めしなくちゃな」

次の日、きれいな晴れ着を着せて、親戚を集めてお食い初めをした。娘は朝からあまり調子がよくなかったという。酸素濃度を上げていたので、それが体を冷やしたのかもしれない。夕方になってから体調が急変した。母親や姪たちも呼び戻されて、みんながあぐりを見守った。女医はこう告げたという。

「お父さん、そろそろかもしれないね」

不用意なその言葉に、無量は「早く死んでしまえということか」と内心腹を立てた。しかしその後心停止したあぐりに、女医は一時間、黙々と蘇生術を続けた。その姿に頭が下がり涙が流れた。

やがて、あぐりの臨終が告げられた。

無量に無条件の愛とは何かを教えた、たったひとりの娘が逝った。

家に連れ帰る車の中では、小さな亡骸《なきがら》を無量と妻の膝の上に乗せた。

「おい、あぐり。お前の家だぞ……。かわいい羊さんもいるぞ。お前のための羊だぞ」

あぐりが生きて戻ることのできなかった我が家だった。

その夜、ひと箱の荷物が農協から届く。妻の母が応募した写真がコンクールの賞品だという。写真はあぐりを抱いて笑っている無量の姿。包みの中は花火だった。

「あぐりに見せてやろう」

無量は花火に火をつける。打ち上げ花火に棒花火、線香花火。赤、みどり、青、紫……。色とりどりの光が、あの世への送り火となった。


現在は塩釜に住んでいるという彼に電話したのは一週間ほど前だった。私は執筆していた本を終わらせたら、彼のことを原稿にまとめてどこかで発表することを約束していた。娘が生きていた証を残したいと、彼はそれを望んでいたはずだ。だから約束を果たすつもりで電話をし、返ってきた彼の言葉にとまどった。

「今は会えない」

「……書かないでほしい？　ずっとどうしてるのかなって気になっていたのよ」

「前に取ってもらったインタビューについては書いてもいいよ」

「娘さんのお名前は書かないほうがいい？」

「……いや、書いてほしい」

「でも、会えないのね。どうして？」

「……いつか、もうちょっとしたら……」

「それはいつ？　何があったの？」

「……お願いがある。書く時には俺の名前を出さないで。僧名無量とでもしてくれ」

仙台で仙石線《せんせき》に乗り換えた。車内には部活帰りなのか、ジャージを着た高校生たちが賑やかだ。


あぐりの死から二年後、無量の姿は東北一の繁華街、仙台・国分町《こくぶんちょう》のネオンの中にあった。農業を志す青年だった彼は別の人生を歩んでいた。背中に龍の彫り物を入れ、流行りの風俗店二軒の雇われ店長として女たちを仕切っていた。彼が風俗営業の道に入ったきっかけは、娘との死別に傷ついていた彼に追い打ちをかけるような差別の言葉だった。あぐりの葬儀の段取りを打ち合わせている時、妻の祖父はこう言った。

「うちの敷居をまたいだことのない子には、立派な葬儀を挙げる必要はない。一番安いのでいい」

そして義父もこうつぶやいたのだ。

「こんな病気になる者はうちの家系には誰もいなかった」

あぐりは小さな体で懸命に生きた。無量はその精一杯の人生をこのふたりの発言によって踏みにじられた、と感じた。無量は葬儀の打ち合わせが終わると、夜の田舎道を帰っていく住職を走って追いかけた。そしてすがるようにして頭を下げた。

「俺には金がない。お布施が分割なんて心苦しいんだけど、娘に立派な葬式をしてやってくれないか。娘だって病気の体で生まれたかったわけじゃない。短い命を一生懸命生きたんだ。頼む、頼みます……」

下を向くと、悔しくて涙があとからあとからあふれて止まらない。住職は無量の肩を叩いて「布施の心配なんかしなくていい。精一杯の葬儀をしてあげるから」と言い添えた。

葬儀の後は親戚をはじめ近隣の態度にもどこかに冷めた空気を感じていた。ひとり娘を亡くし傷ついた無量の心には些細なことすら耐えがたかった。結婚生活が破たんしたきっかけもほんの小さなできごとだ。牛舎で牛の糞を義父と一緒に片づけている時だった。農具を誰が片づけるかということで口論になった。

「もう、やってられるか！」

無量は農具を放り投げて叫んでいた。

「出て行こうとする俺を茫然と見ている女房の顔が忘れられない。『私は連れていってくれないの？』って言うんだ。俺は自分の悲しみでどうにかなっていたんだ」

金がすぐに底をついたので、無量はジンギスカンの店を手伝い始めた。

「刹那《せつな》という言葉を覚えたのはこの頃だったね。満たされないものを埋めるために風俗にのめり込んだ」

ジンギスカンの店の店長は風俗店も営業していた。

「風俗詳しいね。店やってみない？」

その当時名古屋で流行っていた前立腺マッサージの店を言われたまま開きそれが当たる。風俗はアイデア勝負だった。しかし、流行りの店には暴力団がやってくる。「ケツ持つ組はあるのか？」。女の子たちに迷惑がかかるのは嫌だし、いやがらせがどんなものかも知っていた。そこで無量は思った。「なら、自分がやくざになればいい」。無量は知人に頼み込み、安い値段で刺青《いれずみ》を入れた。本当の経営者は本名が何というのか、どこに住んでいるのかも不明の人物。事情があって表に出られない。だから無量がひとりで責任を被った。

「パクられるのは風営法違反だが、警察の本当の狙いは裏にどんな組がついているかを知りたいだけなんだ。そんな時、俺の刺青が言い訳になるんじゃないかと思った。つまりバックについているのは『俺』だと。俺の背後まで追及されずに済むだろうとね」

彼は死に場所を探していた。いつかは戻りたいと妻と連絡を取っていたが、やがて妻に恋人ができる。何もかも知っていて妻を受け入れた男だった。もう無量は妻の実家の墓に参りにも行けない。大量の薬を飲んだ。だが、結局死にきれなかった。

そして彼は違法マッサージ店の摘発で逮捕され、留置所に拘留される。

「留置所には七〇を過ぎた組の幹部も入っていた。それを見て俺は醒めてしまったのね。年を取ってからでも肩で風を切らねばならない、この世界に醒めてしまった」

拘留期間が過ぎ、外に出て次に始めたのはデリヘル嬢送迎の運転手だった。ある日出会った知的障害のある少女は、店と母親に騙されて体を売り、その金を嬉しそうに母親の元へと運ぶ生活を続けていた。彼の運転する車の中で彼女は無邪気に笑う。

「ねえ、お金いっぱいもらったよ。お母さん、喜んでくれるかなあ」

それをきっかけに無量は風俗から足を洗った。その後、知り合いの僧侶の紹介で寺に入り僧籍を取る。だが刺青を理由に寺には入れてもらえなかった。仏の前ですら差別はあったよと彼は笑う。寺に入れなかった彼は三六五日、雨の日も雪の日も国分町の街角に立ち、托鉢を始めた。

「やっと気づいたんだよね。娘の死から俺は逃げてたの。悲しいのなら手を合わせようと。娘を弔い尽くそうと」

託鉢の合間に、子どもを中絶せざるを得なかった女性のために、地蔵庵という居所を作り、話に耳を傾けた。

「俺が悲しくてどうしようもなかったとき、相談できる人がいたらよかったと思ったんだ。子を亡くした人の悲しみに寄り添っていたいと願った」

そしてある日、知人から借りたＤＶＤで、ドメスティック・バイオレンスや借金などで苦しむ女性たちを救う、歌舞伎町駆け込み寺の玄秀盛の存在を知る。「なんだ。前を走っている人がいるじゃないか。どんな人か会いにいくべ」そして素足にわらじで彼は歌舞伎町の駆け込み寺にやってきてこう言った。「弟子にしてください」


東塩釜に着いてホームから無量に電話をしてみる。だが彼は出なかった。ついたため息が白くなる。駅からは鈍色《にびいろ》の海が波立って見えた。青白い日陰にはところどころ雪が凍りついている。風が強く、関東の暖かさに慣れた体には寒さがこたえる。あのインタビューの後、彼はどんな人生を歩んだのだろう。震災後仙台の国分町にできた「駆け込み寺」支所の所長になり、救いを求めにくる人々の悩みを聞いていたはずだ。しかし、ある日彼が所長を辞めたと聞いた。事情は一切わからなかった。そして今、彼は私に会いたくないと言う。私は彼の半生に、悲嘆との向き合い方のひとつの方法を見いだした気持ちでいた。彼は娘を亡くした当時の自分を救うことができない。だから彼は、他人の悲嘆に寄り添うことで、過去の自分を助けにいくのではないだろうか。これでいいと昔の自分が納得するまで何度も他人を救おうとする。

厚手のコートを着た駅員が「寒いから列車の中に入って待っていたらどうですか」と声をかけてくれた。次は松島だという。ほかに行くあてもない。そのまま乗っていくことにした。

松島駅に降りるといかにも観光地らしく、たくさんの人がホームにあふれていた。駅を出ると、「遊覧船の最終便は一五時ですよ」と呼び込みがあったので、所在がなくなってしまった私は、ひとり分の切符を買った。係員からすれば薄着の私はさぞかし迂闊《うかつ》な人に見えたことだろう。

近くの公園ではちょうど牡蠣《かき》祭りでいろいろなテントが立っている。出港までの間、回ってみることにした。呼び込みの人からも大きな炊き出し鍋からも白い湯気が立ち上る。震災の傷跡は見渡す限りどこにも見えない。牡蠣鍋をひと皿頼み、ホットワインを飲み、網の上で焼かれている牡蠣を眺める。地元の人も観光客も鼻を赤くしながら、温かいものを食べ、笑い合っていた。

　遊覧船の係員が乗船の時間を告げる。

　コートの襟を合わせて松島周遊の船に乗り、デッキに立った。出港すると風の音が一層強くなり、エンジンの音と水音、かもめの鳴き声に包まれる。遊覧船の行く手には小さな島々がいくつも現れては消えていった。見ると、船の上にはたくさんのかもめが舞っていた。若い男女がかもめに餌をやって歓声を上げている。私も餌を買い、憂鬱がまとわりつかないように、かもめに餌を投げつけた。船は進み風景は次々と移り変わる。私は餌を放り投げることに没入していた。遠くへ。もっと遠くへ。かもめは空中で餌をキャッチすると体を翻して高く飛ぶ。深緑色をした海はざぶざぶと白い波を立てた。

　五〇分の周遊を終えて桟橋に着く頃には、もうあたりは暗くなっていた。祭りのテントもすっかり片づけられて閑散としている。観光地の夕暮れはさびしい。いつの間にか周囲に人影はなくなって、私だけが取り残されてしまった。一層強くなった冷たい風をよけるため、船の待合所に入り、その日何本目かの缶コーヒーを買う。こごえた手にそれは温かかった。待合所には東日本大震災の時の道路や街の様子がパネルで展示してある。今はこの界隈に震災の痕跡を見つけることはできない。だが、誰も震災の前には戻ることができない。すべてのものが何かの記憶を抱えている。表面では何一つわからないだけだ。

駅まで歩きながら、無量にもう一度電話をする。今度は出てくれた。

「今ね、松島にいるんだけど……。もしかしたら、少しでも会えないかと思って……」

電話の向こうは少し驚いたようだった。

「ああ、来ちゃったのね。……会えないって言ってんのに」

「話がしたかったから。でも……会えないのね」

「うん。わざわざ来てもらったのにすまないけど……」

失望が胸に広がるが、言葉をのみ込む。私が勝手に来ただけだ。

通りの食堂も早々と店じまいをしていた。通りから覗くと、椅子をテーブルに上げた店、カーテンの閉められた店が続く。明かりの消えたみやげもの屋、寿司屋、牛タン屋。明るい店があると思ったら「準備中」の看板がかけてある。曇ったガラス窓の向こうにはエプロンをかけた年配の女が背中を丸め、テレビの前にぽつんと腰かけていた。日が落ちて閑散とした観光地に私の居場所はなかった。

無量は言った。

「……新しい生活もある。もう少しきちんと話せる時がきたら話すから……」

手はかじかんで、体は芯まで冷えている。途中店先に出たままの客寄せののぼりが風を孕《はら》んでバタバタと音を立てた。そうか。彼は新しい生活を歩もうとしている。私は、彼の過去から突然やって来た旅行者なのだ。寒くて声が出ない。なんとか風の音に負けないように声を出す。

「押しかけてごめんね。どうか頑張って……」

彼にそのうち会うことがあるだろうか。わからない。私が書くことに何の意味があるのだろうか。


あまりに長い間寒い場所にいたからだろう。体の震えが帰路に着く新幹線の中でも止まらなかった。車内は混んでいて暖房も効いている。だが寒くてコートが脱げない。

iPhoneをポケットから出して見ると、一件のメールが来ていた。無量からだった。

「こんなのを作っているよ」とある。

添付された写真を開くと、私は声にならない声をあげた。

そこには丁寧に彫られた小さな木彫りの地蔵が写っていた。柔和な微笑みは幼い女の子の表情だった。何年も話だけ聞いていた子に、初めて会ったような気分だ。その写真がてのひらに載っている。何か不思議な気持ちがした。喪った娘は彼とともに成長し、彼の生活の中でいつも一緒に生きている。木彫り人形の無言のたたずまいは、何千語を尽くすよりも様々なことを語る。

亡き娘との新しい生活。新しい関係。

私は少し考えて、彼にメールを出した。

「そちらでは春はいつ来るの？」

しばらくして返信が来た。

「氷が溶けたら」

私は座席にゆっくりと体をうずめた。

時期が来なければ氷は溶けない。その時期を決めるのは私ではなく時なのだ。間もなく春はやってくるのだろう。その時まで待っていよう、とその時私は考えていた。

（『コヨーテ』二〇一三年三月二五日刊）

禅はひとつ先の未来を予言するか

現在、アメリカからやってきた「マインドフルネス」という、心身を整える方法が流行している。これはもともと禅に由来したものなのだが、禅がZENと翻訳されて世界に紹介され、逆輸入されているにもかかわらず、日本人の私は禅についてよく知らない。しかし、これは大方の人々に共通することではないだろうか。

曹洞宗の大本山、永平寺で三年、今もベルリンで修行を続ける雲水の星覚《せいがく》さんは、「禅の生活は、宇宙の理にかなっています」と語る。

インドのブッダガヤで釈迦が悟りを開いたのは紀元前五世紀頃のことだ。禅宗は、十弟子のひとり摩訶迦葉《まかかしょう》が以心伝心で釈迦から引き継いだのが始まりとされる。さらに禅は中国に伝えられ、長い年月をかけて日本に渡ってきた。禅が日本で花開いたのは鎌倉時代。

栄西が臨済禅を、道元が曹洞禅を日本にもたらして以来、独特の発展を遂げ、仏教の枠を越えて文化、芸術、ビジネスに影響を与えた。一九六〇年代になると、禅はZENとしてアメリカで知られるようになり、ヒッピー文化などのカウンターカルチャーと結びつき、ミニマルなライフスタイルや、アートの総称ともなった。

日本の高度経済成長期には、人々が科学技術の進歩を信じ、物質的な豊かさを追い求めたため仏教への関心は相対的に薄れ、さらにオウム真理教の一連の事件による宗教アレルギーのためか、長い間、禅は限られた人のものとなっていた。しかし現在、仏教の禅を起源にもちながら宗教性をそぎ落とした瞑想の技法、「マインドフルネス（今ここにあることに気づくことで心を整える瞑想の手法）」をGoogleやAppleが福利厚生で採り入れるなど、医療やビジネスにおける瞑想ブームが起きたことをきっかけに、再び日本でも禅が注目されるようになった。禅の流行は、世界的な潮流のひとつなのである。

禅的な思想がこの時代に息を吹き返したのは、偶然ではないように思える。行き過ぎた資本主義による極端な貧富の差、ネットから二四時間休みなくあふれ出す情報にさらされることによる精神的疲弊、二酸化炭素排出による気候変動への危機感など、「もっと豊かに」「もっと多くを」という欲望が行き過ぎてしまった社会において、世界中が、資本主義経済に希望を見いだせなくなり、「その先」を模索している。

その解決方法のひとつとして、欲を手放し、必要最小限のスペースさえあれば生きていけることを示す禅に、物質社会からの幸福な退却方法を求める人々がいるのは、なるほど自然の流れであるようにも見える。

最近、日本の仏教界でも既存の枠を越えて、様々な活動をする僧侶が増えている。雲水の星覚さんもそのひとりだ。シンガポールで生まれ鳥取県で育った彼は、大学で政治学を専攻したが、就職活動をいっさいすることなく、卒業してすぐ永平寺に修行に入った。特に仏教に縁のある家庭で育ったわけではないという。身体のことについて考えるのがもともと好きで、最初は役者を目指していた。しかし、身体表現である演劇を学んでいくうちに、禅が教える身体の在り方に興味をもち、永平寺に入った。下山した今はドイツに住み、ベルリン市民に禅を伝えている。彼の修行した永平寺といえば、戒律の厳しさでよく名の知られた禅寺である。しかし、その厳しい修行も楽しくてしかたがなかったという。

「禅は、私たちの身体が自然の一部であることに気づくための作法です。禅の生活をしていれば、われわれの身体は余計なものを手放して、限りなく自然本来の姿に近づいていく。それが楽しくないはずはありません。苦行のように思われますが、坐禅は『安楽の法門』といって、実は最も楽な姿勢なんですよ」

もともと禅の修行は身体技法であることから、体験なしにその本質はわからない。道元の説く禅は、「只管打坐《しかんたざ》（ただ坐《すわ》る）」。坐禅をしたことのない人間にとっては、言葉で自転車の乗り方を教えられてもわからないのと同様、その本質に近づくことは難しい。坐禅が安楽の法門とはにわかには信じがたいが、外国人にも丁寧に禅の指導をしている星覚さんが、永平寺のお膝元、福井県永平寺町にある清涼山天龍寺で「初心指導」をしてくれるという。二泊三日の「禅の旅」に、私も参加することにした。

早朝三時。夜明け前の静まり返った空気の中、宿坊から中庭を通って僧堂と呼ばれる坐禅堂に行き、坐禅を組む。坐に向かいまず一礼。時計回りで後ろを向くと、もう一度一礼をする。坐り方は足を蓮華《れんげ》に組み、腿の上に両足をのせる結跏趺坐《けっかふざ》か、片足をのせる半跏《はんか》趺坐。身体をゆすって耳と肩、鼻と丹田をまっすぐにそろえ、最も楽に身体を支えられる軸を探りあてる。

いくら無理に力を入れて姿勢を正しても、そのままでいられる時間はせいぜい二〇分だろう。背骨だけで身体を支え、どこにも力を入れずに坐っていられる姿勢を見つけない限り、身体は悲鳴を上げる。急に肩がこったり、何年も痛んだことのなかった傷が痛みだしたりと、思いもよらないところが反応し、身体が懸命にバランスをとろうと力んでいるのがわかる。

長い間生きてきたなかで、無意識についてしまった身体の歪み、姿勢の癖を坐禅は教えてくれる。

「自分で支えようと思わなくても、身体が私を支えてくれる姿勢があるんですよ。それを教えてくれるのは重力です。地球も私たちの親であり師なのです。力を費やさずとも支えられていると感じるとき、私の命もまた、同じように生かされているのだとありがたさを覚えます」

姿勢の癖は生きるために必要があって身につけたものだ。書類の入った重い鞄を下げてきた肩、スキーで傷ついた膝をかばうために傾いた上半身。平凡な人生を送っていても、日々の履歴が身体のあちらこちらに残っていることに気づく。この癖は、心についた癖ともつながっているはずだ。天龍寺副住職の博法《はくほう》さんはこう語る。

「怒りっぽい自分や、頑固な自分が坐禅によって直るかと言われれば直りません。禅はどこも目指さず、理想をつくらない。あるがままに坐るのが坐禅です」

しかし、自分の無意識な癖に気づくことで、今まで頑張っていた心と身体がふっと緩む。これが、心の癖を直す第一歩になるのは間違いない。

雑念も、浮かんだままにしておけばいいという。

「雑念はいつでも浮かんでくるものです。それにとらわれているときは必ず姿勢も崩れています。身体をまっすぐに戻して、心のとらわれを感じていれば、そのうち消えていきます」

明かりを落とした暗い部屋で、壁に向かって坐っていると、頭の中に浮かんでは消えていた思考が静かになってきて、身体を通る呼吸の音だけが聴こえてくる。脈打ち、呼吸する身体を意識して観察していると、幼い頃に理科の実験で観察したプランクトンを思い出す。シャーレの中では意思を持たぬ小さな生物が、ただパクパクと脈打っていた。

自分の命もあれと同じだ。必死で生きていると思っていたが、何のことはない。自然がわれわれを生かしてきたのだ。必死になって生きようが、何もせずにここに坐っていようが、私はこうやって生きている。私たちは自然の作った創造物のひとつだ。私という存在は、里山を濡らしている雨の一粒、時折、舞い落ちる雪片のひとひらと同じ。つかのま地上に現れ、やがて消えていく。懸命に「生きている」という状態から、ただ「生かされている」という状態にモードが切り替わると、十分力を抜いていると思っていた身体からさらに力が抜けて、鎧《よろい》のようにこわばっていた肩の力が抜け、すとんと下がる。同時に、胸のあたりで詰まっていた息の通りがよくなって、心身の緊張がほどけ楽になった。周りとの境界線があいまいになり、息のあたる鼻のあたりだけが自分の存在を確認できるすべとなる。そのとき、私は無数の生命と呼吸で呼び合う生物のひとつとなった。禅は、思考ではなく感覚で、命そのものに触れる技法なのである。

一緒に坐る星覚さんの姿は、いっさいの重力から解放されたかのような、ある種の軽さを伴っている。たとえるなら水辺で憩う一羽の鳥だ。この坐禅会の参加者の一人が彼のたたずまいを見てこう言った。「存在自体が透き通っているようですね」


夜がようやく明けてくる頃、食事の時間になる。食事も坐禅の一部と位置づけられており、僧堂の畳の縁「牀縁《じょうえん》」に食器を置いて、坐禅の身心で食に応じる。

禅では、ひとりひとりに「応量器」と呼ばれる漆塗りの食器一式が割りあてられる。袱《ふく》紗《さ》と呼ばれる布に包まれた応量器は弁当の包みに似ている。袱紗を広げると、塗りの器が重ねられて入っているのだが、それを順番に並べていく作法は非常に美しく、無言の演劇でも見ているようだ。浄人《じょうにん》と呼ばれる給仕の者が回ってきて、いっさい言葉を発することなく、椀に粥《かゆ》を入れていく。朝はそれに沢庵《たくあん》、梅干しとごま塩がついている。

支度が整うと、みなで「五観の偈《げ》」を唱える。

一つには功の多少を計《はか》り彼《か》の来処《らいしょ》を量《はか》る
（目の前の命が、どこからどのようにして運ばれてきたかを考える）

二つには己が徳行《とくぎょう》の全欠《ぜんけつ》を忖《はか》って供《く》に応ず
（今までの行いを振り返り、目の前の食事をいただくのにふさわしいかを想う）
三つには心《しん》を防ぎ過《とが》を離るることは貪等《とんとう》を宗《しゅう》とす
（貪り、怒り、道理をわきまえぬ心を抑え、迷いを離れて食をいただくことを心得る）
四つには正《まさ》に良薬を事とするは形枯《ぎょうこ》を療ぜんが為なり
（食を単なる欲の対象ではなく、健康な身体を維持する薬と思って適量をいただく）
五つには成道《じょうどう》の為の故に今此《こ》の食《じき》を受く
（人間としてまことの道を成し遂げるために今目の前にある食をいただく）

器を持つときは、主に親指、人さし指、中指の三本を使う。このことによって、繊細に食器を扱うことができるのだ。食事の時間は、話をせず、味わうことのみに集中する。すると、五感が研ぎ澄まされ、食材本来のほのかな滋味が身体に染み入るのがわかる。道元禅師は、素材そのものの味「淡味」があると記した。これは心が静まっていなければわからない味なのかもしれない。スパイスもソースも加えることなく、ただ素材の優しい味を感じつくすのである。禅の食事では皮やへたなどの野菜くずも出汁として使い、食品はあますところなく使われロスがない。近年、皮の部分に栄養が多くあることが証明されており、環境だけでなく健康にもいい調理法であることがわかってきている。

　禅僧は、食事の前に自分の器の中から飯を数粒取り分ける。これは小鳥や小動物のごちそうとなるのだ。質素な食事の中からも別の存在に命を分け与えることで、欲を手放す練習をし、ほかの命とつながりあっていることを確かめるものなのだろう。

　後片づけもいたって合理的である。食事がすむと、沢庵や刷《せつ》（竹のへら）で、器についた汁をぬぐい、最後に注がれた白湯《さゆ》で器を洗って、のどを潤す。あとは食器を重ねて袱紗で包めば、残飯も出ず、水を汚すこともない。究極のエコシステムである。それが環境問題などなかった千数百年前から実践されてきたことに、今さらながら驚く。

　日常において、これほど丁寧に食と向き合う時間がつくれているだろうか。スーパーやコンビニに行けば明かりが煌々《こうこう》と灯り、食べ物は棚にあふれるほど並んでいる。すっかりその光景に慣れてしまってはいるが、みなどこかで、「ずっとこのままの生活は続かない」と不安に思っているのではないだろうか。心のどこかで後ろめたさを感じながらも、便利な生活をやめられない私たちに、僧侶たちはその生き方で、最小限のものさえあれば生きていけることを示してくれる。理屈ではなく、あらゆる作法の中で、おのずとわかるようにプログラムされているのだ。星覚さんは言う。

「ここでは、人々が環境問題で悩むはるか以前から、自然と調和した、きわめて合理的でシンプルなシステムの中で暮らしてきました。もっとも、禅というものは何かのためにやるものではありません。誰かに見せたり、結果を求めたりするのでもありません。ただそうせずにいられないからそうしているのです」

しかし、俗世に生きる私は疑問を抱く。この禅の生き方が具体的にどんな役に立つというのだろう。この社会で暮らしている人は、働き、競争し、ローンを返し、実際に生活を成り立たせなければならない。

星覚さんは、私の疑問に対してこのように述べる。

「禅は処世術ではありません。ただ、悩んでいる人に、その土俵から降りる方法があることを示すことならできるかもしれません。視点を変えれば違った景色が見えます」

私たちの苦しみとは何だろう。売り上げを今以上に伸ばすこと、もっと消費すること、もっと所有することだろうか。あるいは魅力的になって異性の気持ちをつかむことかもしれない。頑張れば一時的には成果が上がるかもしれない。しかし、強力な競争相手が出現すれば、今以上に努力することを求められる。全力で走ってきたのに、それ以上の力を振り絞らなければならない。いつも「もっと」「もっと」と急《せ》き立てられ、心の底で、「いつまで頑張れば報われるのだろう」と思っているのではないか。誰が始めたのか、なぜそのルールなのかわからないまま、私たちは目に見えぬ何かと闘い続けている。

しかし、人々は気づき始めている。この生きづらい社会の裏側に巨悪があるわけではないのだ。私たちは巨大な踏み車の中で、ただグルグルと走り続けているネズミのようなもので、誰かがスピードを上げるともっと速く走らなければならないし、この踏み車から落ちてしまうと生きていけないと信じ込んでしまっている。

はたしてそれは真実だろうか？　そう問いかけるのが禅である。社会は生産性のないものを「愚」と呼ぶが、仏教ではそれを「聖」と呼ぶさかさまの世界だ。今、「マインドフルネス」の技法は、集中力を養い、生産性を高める手法として企業に注目されている。しかし、どれだけの人が気づいているだろう。本来、禅は過度な競争主義や、資本主義に対する「ワイルドカード」なのだ。果てしない競争社会から「降りる」ための革命の技法なのである。

星覚さんはこう語る。

「ドイツに渡ったばかりの頃は、はたして生活していけるのだろうかと不安に思ったこともありました。それでも五年以上たって、僕はこうして生きている。それが事実です。時々、ベルリンの広場で托鉢をしているのですが、坐っていると子どもたちが、パンや果物を持ってきてくれて、『ダンケ（ありがとう）』と声をかけてくれます。言葉はなくとも、どこかで通じるところがあるのでしょう。よく誤解されますが、托鉢は僧侶のためにするものではなく、布施をすることが自分自身のためになるからしているのです。何の見返りも求めず、ただ与えることは執着を減らします。すると思いもよらないかたちで縁がつながり、それが人々を支えます。思いがけず誰かに与えられることもあるでしょう。それをただ受け取る。そのことによって人々はつながっていきます。それが僕らの本来住んでいる世界です。貪らない。へつらわない。お金はなくてもいいし、あっても構わない。そこに執着をつくりません。

人間は生まれるも死ぬも裸一貫。一枚の服、ひとつの器を持っていることだけで自然界では特別なことです。そこから考えれば、私たちはすでに十分すぎるほど所有しているのではないでしょうか」

ベルリンでは、普段使わない日用品から、家や食料品まで声をかけ合って融通し合うシェアリングエコノミーの考え方が浸透し、ベンツやBMWも最新の技術を使ってカーシェアリングを導入しているという。世界中が今、行き過ぎた資本主義経済のその先を模索している。

「ものを分け合って大切に使う、贅沢なものは持たない、持ち寄って食卓を囲む、客人を泊める。少し前まで特別な光景ではなかったはずです。退くには勇気がいります。しかし最小限のもので満足できる方法を知っていれば、無理なくそれができる。昔の智慧を学ぶことは、むしろ楽しいものです。生まれたばかりの頃は誰もがそういった世界を経験しているからでしょう」

Appleの設立者のひとり、故スティーブ・ジョブズも禅に傾倒していた。ジョブズはこんな言葉を遺している。

――方向を間違えたり、やりすぎたりしないようにするには、最も重大な機能を除いて、本当は重要でないすべてに『ノー』を言う必要がある――

歴史に「もし」はないが、もしジョブズが生きていたら、いずれ彼はコンピュータも手放していたかもしれない。

道元はこう記している。

「須《すべか》らく回光返照《えこうへんしょう》の退歩を学すべし」

禅はこの先の未来を指し示すことができるだろうか。「退歩」することもまたひとつの進歩なのだと認められるほど、はたして社会は成熟することができるのだろうか。それを考える前に、破滅に向かっていると知りながら、手放すことのできない自分の欲望を見つめるレッスンをしなければならないのかもしれない。

（『T Japan』二〇一七年三月二五日号）

悟らない

二〇一五年一月、私はタイの森の中にいた。人生の方向について迷っている時期は、身体も行き場所を求めて迷子になるらしい。人の縁を頼りに、流れ着いた先がタイの森の中とは、思いもよらないことだった。もしもタイムマシンがあるなら、昔の私に、「未来は世界中をさまようことになるんですよ」と知らせてやりたいぐらいだ。聞いたらさぞ驚くだろうが、この私のことだ。もしかしたら、未来の自分自身に言われたとしても、最後まで信じないかもしれない。

二〇一四年に一〇年闘病を続けた母が亡くなり、東日本大震災をテーマにした本も上梓した。大きなできごとは続くもので、若い頃に産んだ長男がその年社会人になり、下の子は成人した。そして、私は婦人科の病気にかかった。私には、ものごとを前進させるためのかなりタフなエンジンがいくつか積まれているはずだったが、そのすべてが、ぴたりと止まってしまったような年だった。無風であることは、案外、逆風が吹くよりつらいものかもしれない。

病気のほうは、最初はたいしたことがないと思っていた。しかしそれがダラダラと長引くのに従って、長い文章が書けなくなった。その理由は自分でもよくわからない。考え続ける体力がなくなったのか、それとも精神的に参っていたのか、強運が尽きたのか。自分でも理解できなかったが、努力もむなしく、ただ結果の出ない日々だけが延々と続いていた。ある朝、いつものようにパソコンの前で固まっていると、自分でも予期しない、自分の心の声が聞こえてきた。

「だめだ。お手上げだ」

そして、どうせ書けないのならどこにいても同じなので、少し移動してみようと思い、いったん、日本でしていた仕事をぜんぶ中断して、ネットで格安航空券を取り、世界のあちこちで誰かに宿と食事を提供してもらいながら暮らした。そうして、ふらふらとインドやバングラデシュ、フランスなどの寺院をはしごしたあげくに、私は森林派の僧侶、故アチャン・チャー師のいたタイの僧院に流れ着いたのである。遊んでいたように見えるかもしれない。でも、本人はいたってまじめだった。

日本ではお正月だというのに、タイは蒸し暑く、夏のような陽気だ。こうやって熱帯にいると、暦の感覚を失ってしまう。タクシーに揺られて、田舎道をたどると、国立公園のように美しく手入れをされた、森の入り口に到着した。

熱帯の樹々が生い茂る森の奥に、掃き清められた白い砂の道がつながっている。歩いていくと、敷地内には南国風の瞑想ホールと、ダイニングホールなどが建っていて、何人もの僧たちがそこで修行をして暮らしている。

風の来ない森の道を、オレンジ色の袈裟を着た僧侶たちが、幻のように通り過ぎいく。ときおり、カサッ、コソッと小さな音を立てて、紅葉を知らぬままの葉が落ちた。道では、見たことのない珍しい生き物に遭遇することもある。とぐろを巻いた大きなヘビ、蛍光色のカエル、イグアナなどがじっとしていることもあった。

在家の者たちがここに滞在するときは、男は白い服、女は白いブラウスに黒いスカートをはくのが決まりで、森の入り口を入っていくと、おそろいの服を着た人たちが、穏やかな微笑みを浮かべて歩いているのが見える。遠目からは欲望の漂白された、植物のように見える。

男女は別々のエリアで生活し、お互いに話をすることは禁じられている。私より前に滞在を始めたシンガポールの女性に案内してもらい、女性たちの暮らすエリアの一番隅に建っている小屋をあてがわれた。

森の中では、ひとりでひとつの小屋に入って生活をする。小屋はやっと大人ひとりが寝るスペースしかないような、板張りの簡素なもので、そこに寝袋を敷いて眠る。部屋に置いてあるのは、埃にまみれた小さな仏像と、誰が置いていったのか、日本製の渦巻き型の蚊取り線香だけだ。

夜になると、あたりは濃い闇に包まれ、明かりといえば、開け放たれた四方の窓から入るわずかな月光だけだ。その光に照らされて、蚊取り線香の細い煙が立ちのぼって消えていくのが見えた。

森にはむせかえるような植物の気配が濃厚に立ち込めていて、それが熱帯地方特有の湿度で、すっぽりと密封されている。大粒の雨を降らせるスコールが来ることもあるが、雨が上がった途端に樹々たちの吐息がいっせいに森を支配する。ここにいると、ときおり、窒息しそうな閉塞感に襲われることがある。森の中では、いつ日が昇ったのか、いつ日が暮れたのかがわからないほど、太陽の姿が見えない。

ある暑い日の夜中、誰かがじっと見据えている視線を感じて目が覚めた。誰だろうと思って見回すと、それは月光に浮かび上がる仏像の視線、などではなかった。窓枠に張りつき、大きな目でこちらを見ている、二〇センチはあろうかという、まだらな模様を身にまとったヤモリだった。

　朝は三時半に起きて、瞑想ホールの掃除をするのが決まりだ。石造りのホール内を箒で掃き、その後、雑巾で磨き上げる。瞑想ホールの周りの落ち葉をきれいに掃き清めて完成である。それが終わると、小屋に戻って身支度を整え、夜が明けた頃に、ダイニングホールへ行き、今度は朝ごはんの支度を手伝う。

　近隣の村から、いかにも人のよさそうな、陽気な信者のおばちゃんたちが集まって、ダイニングホールに併設されている大きな台所で、ワイワイと話をしながら料理を作ってくれる。

　私のような滞在中の者たちは、その手伝いをする。ここに集まったすべての食物は近隣の信者たちからのドネーション（寄付）で賄われている。バラエティに富んだいろいろな食事が集められていて、興味深い。炊いた白飯に、ピリッと辛いタイカレー、魚、骨付きの肉、野菜などをスパイシーに煮たもの、オムレツに、中華風の味付けをした野菜炒めなどが、豊かに並ぶ。マンゴーや、りんご、オレンジなどの果物のお供えもあり、私は、大量のりんごを延々とむき続けた。菓子パン、チョコレートや、水ようかんのようなものなども並んでいて、改めて信仰の篤さを感じさせる。

食べものの用意が整うと、今度は瞑想ホールで読経が始まる。みんなで声を合わせてチャンティング（詠唱）をするのだ。読経には英語が混じるので、だいたい何を言っているのかがわかって、一緒に唱えるのはなかなか楽しい。

地元の信者の中には、深みのある声で朗々とこぶしを回して歌いあげる者もいる。あまり若くない、おじさんやおばさんで、その声は、昔、AMラジオから聞こえてきた民謡のようで、何を唱えているのかわからなくても、せつなく、私の胸を打つのだ。タイの人たちとも、われわれの先祖はどこかでつながっているのだろう。遺伝子のレベルで、彼らの声に心をゆさぶられるのを感じてしまう。

タイは世界でも有数の仏教国だ。ここの村人たちは飽きもせずに、毎朝、瞑想とチャンティングをしに集まり、時間が来ると、三々五々散っていく。かっこいいおばちゃんは、バイクで乗りつけ、颯爽と台所を仕切ると、また風のようにどこかへ消えていく。昔は日本の村にも、こんな集まりがあったのだろうか。私は新興住宅地に育ったので、こういうコミュニティに属したことがない。彼らには、ごく近い場所に仏教があり、それはもう、すっかり生活の一部になっているようだった。

日本の坐禅は坐相の美しさにこだわるが、タイでは横座りをしたり、背中も丸いままで瞑想をしている人たちがたくさんいる。ちょっと腰が痛くなりそうだが、彼らの様子を見ていると、姿勢はあまり関係がないのかもしれない。日本の禅には美しい型があって、その型の中に限りない自由が広がっているが、こちらの瞑想はまさにフリースタイル。高齢のおじいさんやおばあさんが、長い時間、じっと動かずに瞑想をする。たとえるなら、根の深い老木のように、ここに集う信者たちは、心の深いところからしっかりとブッダの教えとつながっているようだった。彼らの胸を開いてみたら、奥のところにブッダが見つかりそうだ。私のどこにブッダはいるだろう。どれだけ探しても、見つからなそうで不安を覚える。小さい頃から神仏と無縁に育った私とは、もう根本から違っているように思えるのだ。

チャンティングが終わると、いよいよ朝ごはんの時間がやってくる。食器は、洗面器のような大きさの、銀のボウルひとつと、さじ一本だけだ。台の上にバイキング形式に、用意したばかりの食べ物が並べてあり、まず僧がそれを取り。次は男性、最後は女性である。食器がボウルひとつなので、緑色をしたタイカレーも、甘いチョコレートムースも、全部同じボウルの中に入れなければならない。スパイシーな魚も、甘い菓子パンも、皮をむいた完熟マンゴーもみんな一緒くただ。汁ものはまず間違いなく味が移ってしまう。

ここでの食事は朝の一回のみなので、肉も野菜も、デザートもとバランスよく取ろうとつい欲張ってしまう。しかし、いっぱい盛ると、白いご飯に果物の汁がついたりして、気持ちの悪い味になってしまう。

器を分けたほうが、どんなにおいしく食べられるだろうと考えてしまうが、これこそ俗な考え方なのであるらしい。食事の前に唱える偈のひとつに、「食べ物は快楽のためではなく、身体をメインテイン（維持）するために食べる」というのがある。この英語の無機質な響きが、非常に印象的だ。食事は食欲を満たす快楽ではないので、味は混ざり合っても、気にしてはいけない、ということなのだろう。

しかし、人間の悲しき性で、どうせ食べるのなら、おいしく食べたいと思ってしまう。だんだんコツがつかめてくると、白飯で土手を作って、いろいろな味が混ざり合わないように慎重に取り分けることを覚える。私は食欲という欲望に負けてしまったのだろうかと、恥ずかしい気持ちになって、ほかの人のボウルを覗くと、案外みな同じように混ざらないよう、きっちりおかずを分けて盛っているので、私だけじゃないのだとひそかにホッとするのである。

午後からはまた掃除をする。昨日、きれいに掃き清めたと思った道には、今日、また枯れ葉が積もっていた。それを掃いているうちに、自分の心の中を掃いているのか、道を掃いているのかが、わからなくなってくるようだった。

仏教と縁ができて世界各地の僧院に泊まらせてもらううちに、徐々にわかってきたことがあった。

苦しくて仏教に救いを求めたつもりだったが、どうやら私は、自分の中の煩悩を消したいとも、悟りたいとも、ちっとも思っていないらしいのだ。刺激もなく、静かな森で、毎日誰かと喋ることも本を読むこともなく過ごしていると、確実に心は静まり、頭の中から言葉が消えてなくなっていく。そもそも書けないのが悩みで放浪していたのに、ここにいたら、私の内面に、無言の世界が広がっていってしまう。それは困るのだ。言葉が消えてしまうと、忘れてしまいたくないことまで、忘れてしまいそうになる。言葉が失われていくと、まるでこの私自身の存在が溶けて消えて、どこにもなくなってしまうような感覚にとらわれる。言葉を手放すことに、私は全力で抵抗していた。

以前、ある僧院で出会った日本人は、「瞑想して言葉がなくなるのなら、それでいいではないか」と言っていた。しかし、それは嫌だ。私は食っていけなくなってしまう。私がいなくなってしまう。しかし、それが瞑想の成果なら、喜ぶべきなのだとその人は言葉を重ねる。

私は震災や、事件、事故について書いている。殺人についても、終末医療についても取材をしている。世の中には、災害があり、テロがあり、戦争がある。子どもの虐待があり、貧困や、病がある。いいことも、悪いことも書くのは、いいことも悪いこともあるから書くのだ。理不尽なことは、この世に存在している。それはただそこにある。だから私は書いているにすぎないのである。しかし、私は、「それでも」世の中は決して捨てたものではないと思っている。世の中は基本的に信じるに足りると思っているし、それがなければ、こんな仕事を誰もしないのではないだろうか。私が書きたいのは、「それでも」のあとにやってくるものなのだ。

はたして私の仕事は、仏教の教えに背くものなのだろうか。違うはずだと思いたい。仏教の国でも戦争はあり、僧侶は時に焼身自殺をする。彼らもまた優れたジャーナリストの一面を持っていて、だからこそ、私は仏教に惹かれたのだ。

しかし、自分の言葉を探そうとすればするほど、仏教の僧院では言葉を見失い、私のアイデンティティが解体されていく。仏教に親しめば親しむほど、書けなくなり、救いはやってこない。そうやって、気づけばタイのジャングルにまで来てしまった。

まるで、「仏教とは何か」という公案について解いているようではないか。ときおり、「隻手《せきしゅ》の音声《おんじょう》」という白隠の公案を想った。

「両手を打ち合わせると音がする。では、片手ではどんな音がするか？」

私は答えを求めてこんな森の奥まで来てさまよっているのだ。ここで熱心に修行をしていれば、そのうち努力が実って、私の問いに応じる仏の声が聞こえるならいいのだが、どうやらそうはいかないというのが、薄々わかってくる。それでも、ときおり、かなたから誰かの声が私に向かって話しかけてくることがあった。だが、ものを書く商売をやっているので、私にはよくわかる。それは、本物らしくみえて、実は私の頭が作った妄想だ。ときには音になって話しかけてくることすらあったが、長い間、人と話していない私が、知らぬ間につぶやいている独り言だった。ときおり、森の奥深くで、自分の独り言をいう声を耳にして、びっくりするのだった。

森には、日本では見たこともない大きな蝶がひらひらと飛んでいる。

夢のようだ。それを見ながら、それにしても、言葉というのは不自由な道具だと思う。何かを言葉にすることは、昆虫採集のようなものだ。飛んでいる蝶を捕まえてきて、それにピンを刺す行為なのだ。だが、捕まえた蝶は、もはや飛んでいるときの蝶ではない。言葉として事象を捕捉した途端、それは事象そのものではなくなってしまう。言葉は、ある意味で死骸だった。

曹洞禅には「只管打坐」という言葉がある。「何がわかるか」については、あえて語らない。言葉というピンに刺してしまえば、それはもう別の何かに変わってしまうことを知るからこその「只管打坐」なのだろう。飛ぶ蝶を、飛ぶ蝶のまま観察しようとするとき、それに言葉は適さない。

この寺では、幸いなことに聞こえてくるのはタイ語か英語で、会話は最小限だった。ネットは禁止、本も読めず、夜になると明かりもないため、何かを記録することもできない。瞑想が進むにつれて、私の頭から、あふれかえっていたはずの言葉が、だんだん消えていき、静かになっていった。

夜のしじまにひとり座っていると、だんだん死と生の境目があいまいになることがあった。ああ、こうやって死ぬのだ、と思った。しかし、やがて、その思いも消えてしまい、心はしんと静まりかえった。

瞑想をすると一瞬だが、心が波ひとつない水面のように静かになることがある。言葉を失う恐れさえ忘れてしまうほどの静けさだ。

自分の身体の立てる呼吸の音だけが聞こえてくる。身体は息を吸い、息を吐くことで、膨らんだり、縮んだりする。心臓がポンプとなって、身体中の血液を回し続け、そこに酸素が乗って運ばれていく。頭頂、手指の先、つま先に意識を向けると、トクン、トクンとかすかに脈を打っていて、小さなリズムを刻み続けている。身体の中に小さな宇宙があって、それらは私の意思とはまったく関係なく、精緻な営みを繰り返している。

今まで、まず言葉に変換して理解できていたこの世のありとあらゆる情報は、目や耳、鼻や皮膚からそのまま入ってくることが多くなった。

森を歩くと、自分の足音がクリアに聞こえてくる。自然と、音を立てずに歩くようになっていった。高尚な自分になったりすることはなかった。むしろ、ジャングルに棲む、ネコ科の動物のように音や匂いに敏感になり、より動物に近づいていくような気がした。

そうやって心がどんどん穏やかになり、ついに心の完全な静寂が訪れたと思ったら、夜になると急に不安に襲われて、「私がいない」「どこにもいない」と、落とし物を捜しているような、心細い気持ちになった。

命はどんどんむき出しになっていく。森にいると、私の中から社会的なものが落ちて、ただの森に棲む生き物のようになっていった。

ある日のこと、森の奥にとても心の休まる場所を見つけた。森の一番奥に行くと、円形の広場があり、そこには、ちょうど子どもの滑り台のような大きさのトンネルがあった。大人が、ひとり寝転べるような大きさで、床には灰が散らばっている。人に聞くと、それは火葬場だった。日本と比べると、とても粗末なもので、広場を囲むコンクリートブロックの塀には、雑草が生い茂り、無造作にジャムの瓶や薬瓶が並べられている。その中を覗くと、人間の骨片が入っていた。

雨の水が溜まってしまい、ボウフラが湧いているものまである。ここでは骨に執着をしないのだ。

〈いずれこうなる〉

と、骨は雄弁に教えてくれた。

私は、午後になるとひとりその森の奥に入り、遺灰の散らばった焼き場にいるようになった。

ある日、死体の気分はどんなものだろうかと思い、焼き場に身体を横たえてみた。森の木々がそこだけぽっかりと穴をあけており、青い空が見える。髪にも、手足にも誰かの遺灰がついた。風の音もせず、動かない空気の中を、大きな蝶が横切っていく。コンクリートの床は温まっていて、とても落ち着く。小さな悩みなど、どうでもよくなった。もし書けなくなったのなら、それは、それでいいではないかという気がしてきた。どんな道筋をたどろうと、どうせ、いつか私も灰になる。身体が生きている間は生き、身体が死んだら死ぬのだ。ここでは、世界はシンプルだった。

この世の果てにひとり、誰も呼びに来るものはいない。徐々に夕暮れて、樹々の上に満天の星が出た。私の手や膝についた灰がかつて誰のものであったかは、もうどうでもいいことだった。無数の細胞が毎日、新陳代謝を繰り返すように、私のあとには、どうせまた新しい命が生まれてくることだろう。

僧院に申請していた滞在期間もわずかになったある日、ちょっとした事件があった。瞑想ホールから自分の小屋に戻ってくると何かが朝と違っていた。まるで間違い探しか何かのようだ。何かが決定的に違っているのだが、どうしても、その何かがわからない。しばらく眺めていたが、やっと何が違うのかわかって、「あっ」と声を上げてしまった。私の住む、小さな小屋の屋根を突き破って、一抱えもあるほどの太さをした、折れた枝が垂直に突き刺さっていたのだ。

みな近くに集まって、見上げて驚いていた。こういうときに、自分がどんな反応をするのか、自分では意外と予測がつかないものだ。気づくと、私は声を上げて笑っていた。妙におかしかった。まるでマンガだ。あの下にいたら、私はまず間違いなく死んでいただろう。

あまりにびっくりしたので、興奮状態のまま、周りの人に「あそこにいなくてよかった！　びっくりした。死ぬところだった！」と、話しかけていた。もし、神や仏がいるのなら、こんな啓示の授け方をするだろうというような、見事な突き刺さり方だった。ギャラリーの中に、香港から来たという尼僧がいて、しばらく私の話を聞いていたが、静かに、さとすように私に語り始めた。

「毎日、瞑想をしなさい。煩悩は消えたりはしません。だから、毎日怠らず修行をするのよ。偉い僧侶たちだって、みんな同じなの。毎日煩悩はたまっていく。だから、毎日掃除をするようにして心の汚れを取り除くことが大事よ」

そう言われて、興奮状態だった私は思った。

なんだ。私はちっとも悟っていない。

ひとたび何かがあれば、言葉は一瞬にして息を吹き返し、私はあいも変わらず命が惜しい。タマネギをむいたら、またタマネギだったように、私はあいかわらず私だった。

枯れ葉は片づけても、また落ちてきて、あの白い道を塞ぐだろう。

そろそろ帰りどきだ。つかの間、私に舞い降りてきた美しい蝶が、再び飛び立つ気配を感じて、私はそっとそれに別れを告げた。


（『サンガジャパン』二〇一七年九月一日刊）

彼らも小さい頃は夢中になってスプーン曲げをしたり、空を見上げてみんなでＵＦＯを呼んだんだろうか。ノストラダムスの大予言に震え上がったあげくに眠れなくなったりしたろうか。そんな遊びをしすぎたのか、もしかしたら逆に彼らは、心ゆくまでそんな遊びをしなかったのかもしれない。

彼らの両親は、いったいこの日をどんな気持ちで迎えたのだろう。どこでどう間違えたのかと、育てた日々を振り返ったのだろうか。

一連のオウム真理教事件の首謀者たちの死刑執行があった日、同世代の友人から「何かもやもやする」とＬＩＮＥメッセージがスマートフォンに送られてきて、私はうつむいてそれを眺める。遠隔地にいる人に即座に自分の思ったことを伝えられる、そんな未来が来るなんて思ってもいなかった。これもまた幼い頃夢見たテレパシーのようなものなのだろうが、想念を送れるようになったところで人はさほど幸福にはなれなかった。

考えてみれば、彼らはスマホが生まれる前に収監され、一度も持つことなく処刑されたのだ。あれから二〇年以上が経っている。9・11がアメリカ社会を救いがたく歪めてしまったのと同様、オウム事件が決定的に変貌させた未来の果てに私たちは生きている。

彼らは大勢を傷つけた。そして直接被害を受けなかった私たちも、たぶんこの事件で何かを損なったはずだ。そういう意味で、事件の被害者でも、加害者でも、取材者でもない私ですら、オウム事件を抱えたまま生きてきたのだ。オウム事件の頃、連日メディアから流れ出す報道に、いいも悪いもなくさらされた。それらはいまだ身体にできた水疱《すいほう》のようにじくじくと膿《うみ》を持ち、時々つぶれて汁が出る。

友人のLINEには、「ほんとだね、すごくもやもやする」と打って、私は送信ボタンを押した。私たちにはただ、「もやもや」という言葉しか見つからない。情けないけれど、言語化すらうまくできない。死刑になってよかったのか、悪かったのかも皆目答えらしきものが見つからない。この喉《のど》の奥につっかえたものの正体を言語化したら、すぐに私たちの中のもやもやが別のものにずれて変質してしまう。違う。私たちの中にあるものはそうじゃない。似ているけれど、これでもない。あれでもない。

死刑囚が死んでしまって、日本の懸案事項がきれいさっぱり目の前から消えてなくなったように見えるだろうが、自分たちの世代のオウム的なものが失われたりはしない。むしろ、かきこわした傷が他人に感染していくように、彼らの肉体が失われた拍子に、彼らの持っていた「何か」が知らずに飛び火しているのではないかと、半ば強迫的に自分の心を何度も確認してしまう。

テレビでは上祐史浩《じょうゆうふみひろ》氏がコメントを発表している。私にとっては若いアイドル歌手よりもずっとなじみのある顔であることに苦い気持ちになりながら、それでも、抑えがたい懐かしさを感じてしまう。若そうな記者たちは、二、三、興味なさそうに質問をしている。

一連の事件の被害者はどんな思いでこれを見つめているのだろう。

オウム事件について、まったく自分にとって消化されてもいなければ、納得もできていないことに、おろおろしている。地下鉄にサリンが撒かれた日、私は産んだばかりの子を胸に抱いて戦慄していた。あれから二〇年あまり経ったがマスコミも静かなものだ。七人も死刑になったというのに。世間はもうすっかりあの事件に決着をつけたのだろうか。

気持ちを吐き出す人がどこかにいないかと、向かったのは雑誌の編集部。

担当編集者を見つけると「もやもやします」と言えば、「うん、すごくもやもやする」と返ってきた。

「宗教者の方に話をしてもらいたいですね。私はそれをすごく聞きたいです。私はただ、オウム的なものをどう考えているのか、知りたいんです」

と、企画を持ちかけると、彼は腕組みをしてしばらく考えた。

「宗教者でも、評論家でも、僕らの世代はオウム的な何かを持っていると思います。でも、それを表に出したくないでしょう。持っているとどこかで自覚している人ほど、それを言語化して表現できないんじゃないかと思います。今、目に触れる文章はみな上滑りで、心に深く入っていかないので、僕らのオウム的なものはどんどん隠れてしまう」

「でも、宗教者は、オウム的なものをすっかり克服しているのでは？」

「いや、彼らにはそういうものがあると思いますよ。昇華できているかどうかは別の話で……」

無意識の沼は、どうやら私たちが思うより深くて暗いらしい。そしてなぜか、その人を見ている他人にこそ、その片鱗《へんりん》が見えてしまうのだ。

「死刑で、すごく気分が悪くなりました」

彼が言う。

「私もです」

私が同意する。

この感覚は、言語化しにくい。潜在意識のところで、言語化するのを拒む何かが存在している。

同じ編集部で、すぐ近くに座っていたもうひとりの若い編集者の背中に声をかける。

「自分の中にオウム的なものを見つけたりしますか?」

すると、私のほうに向き直ると、三〇代の後輩編集者はちょっと首をかしげた。

「僕はオウム事件の頃、小学生だったんです。象の被り物をしたへんな人たちが、悪いことをしたっていうのはありますけど……自分ごととは思いませんでした」

顎をしゃくって、この後輩編集者を指すと、私と同世代の担当編集者は言う。

「彼は、透明な存在世代なので……」

ああ、神戸連続児童殺傷事件の。

「やっぱり、あの事件の犯人は他人事には思えない?」

「そうですね、自分の心の中にも『透明な存在』がいるんじゃないかと……」

彼が怯《おび》えるのは、酒鬼薔薇聖斗《さかきばらせいと》の書いた犯行声明文の中にある、「透明な存在」。我々より下の世代は、この連続殺人犯に自分の加害性を投影してしまうことがあるようだ。私には酒鬼薔薇事件をそういう風に感じたことはない。そういえば、連合赤軍事件もどこか他人事だ。

連合赤軍の起こしたあさま山荘事件(一九七二年)を、母はテレビにかじりついて見ていた。あの頃、四歳だったはずだが、私はあの日、うちの家がどんな雰囲気だったかをよく覚えている。

私に母のような、連合赤軍に対する同情はない。

私のオウム真理教に対する複雑な感情は、同世代であるがゆえのものなのかもしれない。彼らが間違えたのだとわかってしまった今、若い世代は同じものにはまりっこないと思う。しかし、新たな時代には、新しい箱が用意されている。

全盛期のオウムには数万人の信者がいたという。検証を伴わない思い込みや信心は、無邪気に足もとに咲く花を踏む。

しかし、自分の信じる宗教を、客観的に、距離を置いて疑ってみることははたして可能なのだろうか。疑ってかかるとするなら、それをはたして信心と呼ぶのだろうか。信じていた土壌が間違っていた時、そこに植わった種から出た草木はそれを否定できるのか。

確かに古くからの宗教は、人が暴走しないように構築されている。しかし、暴走もないかわりに硬直化して、その時代の苦しみには寄り添いにくい。

私の担当編集者は帰りがけに、こんなことを告白してくれた。

「オウム事件が明るみに出たあの頃、鏡を見ると自分の顔に麻原を見てしまったことがありました。自分の中に麻原的なものを見て気が変になりそうでした」

何が麻原的かは、彼の話を聞いてもよくわからなかった。しかし、ある種の直感でそう語る彼のことは理解できる。

挨拶をして、編集部の外に出た。

東京は記録的な猛暑で、街全体が太陽の光で白っぽく見える。ここは学生時代に通っていた街だ。

最初に、これは洗脳なんじゃないか、と思うできごとに遭遇したのは、まだオウム事件の起こる前、大学一年生の時だ。

当時は原理研究会、統一教会などが問題となっていて、学校のガイダンスでも、注意を呼びかけていた。

そんな折、マスコミにも露出している大学の有名講師が三日間の心理学のワークショップを開催するという。バイト先の先輩に来ないかと誘われて、付き合い程度に思って連れていかれたのは、「心理学」という言葉でイメージしたものとはまったく違うものだった。それは、奇妙な「自己啓発」セミナーだった。

最初から何か変だった。時計を取り上げられ、外からの明かりが漏れない部屋に閉じ込められて、早朝から深夜まで、自分の欠点を指摘されたり、親との関係を言わされたり、今まで誰にも言えなかった秘密を語らされたりした。おなかがすいているはずなのに、食事の時間を取ってくれない。休憩もないから今が何時なのかわからない。早朝に集まり、とっくに夜になっているだろうに解放してくれない。その状態で三日間。無防備になった心に、人が批判を加えたり、また、逆に褒めて、その人の持っている承認欲求を満たす。ほどなくして、部屋の中は異様な集団ヒステリー状態になった。大声で泣き叫ぶ声が聞こえ、あちこちで抱き合う人たちの姿があった。初対面の参加者たちが、気持ちが悪いほど親密になっていく。

もしこれが乱交パーティーだったとしても、逃げられなかったのではないだろうか。宗教であっても、信じ込んでしまったかもしれない。頭の中では、何か変だと思っても、その集団の興奮状態の中では冷静になるのが難しい。飲み込まれる。一体化する。怖い。誰かにつかまろうとする。集団は私の恐怖を支えてくれる。よりのめり込む。誰かが泣く。それを支える。感謝される。喜びにあふれ大声を上げる。理性という名のサーモスタットが、効かなくなっていることに気づいている。

決定的だったのが、誰にも言ったことのない秘密を打ち明け合うこと。

私の前で、未成年のひどくあどけない女の子が泣いている。

おろしたの。
あかちゃんを。
だれにもいえなかったの。
ちいさなあかちゃんはわたしからいなくなったの。わたしはあかちゃんをころしたの。

喫茶店ならそれを冷静に聞くことができただろう。だが、彼女は無防備に、まるで自分自身が赤ん坊のように、私の前で泣いている。のめり込む。取り込まれる。吸い込まれる。私は彼女を抱きしめて、彼女の悲しみを共有する。家族になったような気がする。

一方頭の片隅では、どこかで冷静に自分を見ている。

「なにやってんだろう」

だが、私は、涙でぐしゃぐしゃになりながら号泣していた。もうやめたい。やめたくない。逃げたい。一体化したい。

ひとりの女性が「キャーッ」と叫んだ。そして大声で何かを唱え始めた。そして涙ながらに、何かわけのわからないことを、ずっと喋っている。

主催者が彼女を部屋の隅に連れていき、気を落ち着かせた。

我に返ったのは、セミナーが終わったあと、「男女一緒に入浴するんだよ。一緒に来ない？　みんなで背中を流しっこするんだ」と誘われた時のこと。

「行く、行く！」

「私も入っちゃう」

と、みんなが叫んでいる。

私は、まじまじと彼らの顔を見た。麻酔が切れて、突然意識が戻ったような気分だった。居心地が悪くなった。羞恥心を破り、常識を一緒に超えることで、今度こそあちらに連れていかれる気がして怖くなったのだ。

私の身体は昆虫の触角のようなもので、昔から、むやみに人に触られるのが嫌だった。得体のしれない人に身体をさらし、触られるのは、身体ごと「もっていかれる」ことだ。少なくとも、三日前に会った、素性のわからない男女に対する当然の警戒心だと思っていた。

混浴の風呂に入ったら、いよいよこっち側に戻ってこられないと思った。

そこには、私と同じぐらいの若い女性も多数参加していたが、不思議なことにみな乗り気だった。おとなしそうな子も多かったが、まるで人が変わったように雄弁になり、はしゃいでいる。しかし、新たな人格はいかにも取ってつけたようで不自然だった。

誰ともわからない人と風呂に入るなんて平気なんだろうか？　気持ち悪いよ。帰ろうよ。

しかし、集団心理というのは不思議なもので、たかが混浴に対して警戒心を持っている私のほうが神経質で変なんじゃないかと思えてしまう。

誰かと立ち話をしている主催者が、「僕はセックスも自由だと思っている」と言った気がした。空耳だろうか。

セミナーに私を誘った二つ上の男の子が耳元でささやく。

「来ない？　アドバンスコースは三日間で三〇万円。みんな来るよ」

三〇万円？　そんなお金を持っているはずがない。

彼はいつの間にか私の恋人のようにふるまっていた。いつから、そんな関係になった？

私はそこにいる人たちが盛り上がる中、ひとり輪を抜け出して、そこから逃げ出した。

三〇人の参加者のうち、アドバンスコースに進まなかったのは、途中で精神のバランスを失って叫び出した女性と私だけだったそうだ。しかもその人は、精神に傷を負いながらも行きたいと望んだらしい。だが、その団体に参加を断られた。あそこから自分の意志で抜けたのは三〇分の一。それで誇らしいと思ったかといえば、その反対で、私は自分で決めたにもかかわらず、どうしようもない疎外感に打ちのめされていた。

その夜、家に「なぜ、来ないのか」「みんなで一緒に上の段階へ進もう」と、受講生たちから電話がかかってきて、真夜中まで鳴りやまなかった。親は、異常な状況に、心配したようだったが、何も言わずに見守ってくれた。

ポジティブシンキングになり、仲間ができて、人生の成功者になれたらいいではないか。彼らのささやき声が追いかけてくるような気がして、一瞬揺らぐ。

だが、私はあの中にいることができなかった。身体のほうが先に拒否してしまう。時々、思うのだ。あの自己啓発セミナーがオウムだったら?

大学に青森出身の同級生がいた。口数の少ない地味な子で、実は彼女のことをよく知らない。下宿したばかりでさびしかったのかもしれないが、私たちは彼女の気持ちには気づかなかった。

ある日彼女は、オウムと知らずに、バスに乗って合宿に行き、しばらくすると大学に姿を見せなくなり、私たちの前から消えた。

友人たちから、彼女がオウム真理教に入ったのだと聞かされるまでは、彼女の身に何が起きたのかすらわからなかった。

オウム行きのバスに乗った彼女は、あれからどうしているだろう。

軽い足取りでタラップに足をかけてオウムのバスに乗り込む彼女の姿を想像すると、それが私に重なってしまう。

その時、たまたま私が誘われたのが自己啓発セミナーで、彼女が誘われたのがオウムだった。

空腹にし、何時間も密室に閉じ込めて時間感覚をなくし、気持ちを高揚させたり、自尊心をいじったりすれば、三日間で三〇万円払う人がいる。

オウムだったら、どうだったんだろう。


出版社で働いている友人と代官山で会った。

彼女がLINEで「もやもやする」と、送ってきた人だ。五〇代前半の彼女は大学の先輩にあたる。学生時代、高価なデザイナーズブランドのぞろっとした服を着て歩き、サブカルチャーの洗礼を受けた。

アートが好きで、今も美術館巡りをしたり、ヨガのレッスンを受けたりと、自由な生活を続けている。

「生きていたら、麻原も何か喋るかもしれないし。何がわかるかわかんないじゃん。だから、ずっと生かしてほしかった」と、彼女は言った。

彼女とは、宮台真司《みやだいしんじ》氏と上祐史浩氏のトークライブを見にいく予定にしていたが、急きょ上祐氏の出演がキャンセルになり、宮台氏が司会者と話す形式になった。

宮台氏もまた、あの時代の洗脳といえば、と自己啓発セミナーの話を始めたので、なんとなく安心してしまった。やはり、あれを思い出す人はいるのだ。

そのほかにも出てくるのは、原理研の勧誘だった鍋パーティー、ナンパの話……。

当時の雰囲気が濃厚に記憶に蘇ってくる。

彼の話は、バブル全盛のあの時代の若者たちの心理を鮮やかに思い出させてくれる。

隣で友人がつぶやいた。

「宮台さんの言ってることわかるよ。あの頃は、欲しいものはなんでも手に入って、大学にも入って、とりあえず友人もいた。『二四時間働けますか』っていうコマーシャルが流行って、みんなバカみたいだったよね。

でも、心の中ではこんな生活長くは続かないってわかってたよね。何をやっても幸せになれなくて。何をやっても何かむなしい。こんな未来を夢見ていただろうか。私たちの思ってた未来と違ったって」

その満たされない気持ちのやり場を、私たちはどこへ持っていったのだろう。

よく、覚えていない。

私は、つい二週間前に、ベトナムのホーチミンで技能実習生候補のインタビューをしたばかりだ。ベトナムは経済成長の只中で、私の幼い頃の日本に似ていた。一本道を入ると、若い頃の両親に会えそうだった。

「お金をいっぱい貯めてお母さんに親孝行したい」と話す彼女たちは、明日は今日よりよくなるという根拠のない希望に満ちあふれていた。

冷蔵庫が欲しい、テレビが欲しい、クーラーが欲しい、家が欲しい。彼らの願いは実現可能でシンプルだ。きっと、それがかなえば幸せになれるだろう。

だが、その先は？

何を買っても、何を食べても、もう幸福になれない時代がやってくる。いい大学に入り、いい会社に入っても、幸せになれない不全感を社会全体が抱えてしまう。

私たちが宮台氏の話に共感している間、隣の若い観客は当時のことを、まるで遠い国の話のように聞いていたのが印象的だった。ほんの二〇年前なのに、時代は変わり、オウムが生まれた時代背景をすでに伝えあぐねている。

若者たちはとっくに、官僚のようなエリートが必ずしも倫理的に正しくはなく、宗教がテロを起こすことを知っている。何かが手に入れば幸せだというのは幻想にすぎないともわかっている。だから、身の回りの幸せで満足しようとする。

オウム後の時代に、私たちは幸せになれただろうか。八方塞がりだという感覚は、もっと強く、もっと根深く存在しているような気がする。

地下鉄サリン事件のあとに、私はふたりの子どもを育てた。

「ゆとり世代」と言われ、上昇志向がなく、物欲はほどほどの草食系男子たちだ。

彼らが高校生になった頃だったろうか、ママ友の家に招かれてお茶を飲んでいた時のことだ。

「うちの子がさ、いきなりオウムの、……なんだっけあれ？　ほら、……『ショーコーショーコーショコショコショコショーコー』っていうの、歌い出してびっくりしちゃってさあ」

そう話し始めた。彼女は私より四つ上。

地下鉄サリン事件から十数年。オウムは子どもの口を介して、私たちの前に再び姿を見せたのだ。

するとその話を聞いていたのだろう。子どもたちが、くすくす笑いながら、「ショーコーショーコー……」と低く歌い始めた。しかも、麻原の声まで真似ている。

「ちょっと、あんたたち！」

ママ友がいさめた。

「なんで知ってるの？」

「今、YouTubeで見られるらしいよ」

彼女は隣の部屋から、自分の子を呼んでくると、「キラキラした麻原彰晃見せて」と頼んだ。

「キラキラ?」

「すごいよ」

彼女は意味ありげに、私に笑みを投げかけるとパソコンを持ってくる。

彼女の息子は、器用にパソコンを操作すると、その動画を呼び出した。

そこには、少女漫画のように美化された麻原が空を飛ぶアニメが映っていた。目がキラキラしている。漫画の中の麻原は、『アルプスの少女ハイジ』の登場人物のようだった。

私たちは、困った顔をしながら、それでも笑ってしまう。

「何これ?」

「ね、インターネット怖いよね。世界の何にでもつながってるんだから」

子どもたちは顔を見合わせると、再び隣の部屋に行ってしまった。

私たちは世界のどことでもつながる世界に生きている。サリン事件の年に生まれた子とオウムが、いつの間にか出会っていた。

彼女は語る。

「見るのをやめなさいって禁止するのはやめようと思って。でも、その代わりに、彼らが何をしたのかを、こんこんと聞かせることにした。この人たちが何の落ち度もなく、普通に電車に乗っている人たちを、よくわかんない理由で殺したんだよって。象さんの帽子をかぶって踊ってたって、普通の、何にも悪いことをしていない人を、自分勝手な理由で殺すことがあるんだよ。あんたたち、自分の家族や友達がそんなことされたらどう思う？　って」

彼女は、静かに怒りを表明した。

「そうだよね。根本のところで理解してないと、結局何を禁止しても、いずれはそういうものに触れる時期が来るしね」

私の予言通り、その後、息子はＩＳＩＳ（イスラム国）のもっと苛烈な残酷映像を見させられることになる。

「結局さ、ネットでどんなところともつながる以上、ちゃんと自分を持ってないと、巻き込まれちゃうんだよね。でもさ、許せる？　被害者には親も兄弟もいたと思うよ」

彼女はそう言うと、お茶のおかわりを取りにいった。

オウムの後継団体に入る若者は今でもいるという。彼らを強制的に解散させたところで何も解決はしないだろう。むしろ迫害されていると感じれば、より問題は根深くなる。オウムは、死んではいなかった。どこかで誰かが、まだ麻原彰晃を信じている。

夜、息子に聞いてみた。

「オウムどう思う?」

「意味わかんない」

「オウムに入信する人の気持ちがわかる?」

「あんなの絶対入んないと思うけど、でも……、わからん」

「お母さんもわかんない。たぶんね、わからないっていうぐらいがちょうどいいんだよ。絶対入らないっていう人は、たぶん騙されやすいんだと思う」

「なんで?」

「うまく言えないけど、そういう人って、自分が正しい、自分は間違わない、そう信じて疑わない人だよね。でもさ、要するに自分のことを絶対正しいと信じて疑わない人が、間違っちゃったのがサリン事件だからさ」

「ああ……」

「宗教を持つなとは言わない。でも、何か大きな決断するときは、お母さんでもいいし、周りの誰でもいいから、相談してね。あとは、絶対に内部であったことを喋っちゃいけないと言うかもしれないけど、口止めされてても信頼している人には相談するんだよ。閉じ込められたものはなんでも腐る。空気も、水も、人の集団も」

息子はわかったような、わからないような顔をしてあいまいにうなずいた。

「オウム事件の日に何をしてました？」

私は、知り合いのエステティシャンに話しかけてみる。彼女は四三歳。一五分チケットで、私は足のリフレクソロジーを受けている。

「オウムですか？　何やってたかな。えっと、どんな事件でしたっけ？」

日本中を震撼させた事件だが、こういう人もいるのだ。

「ほら、地下鉄でサリンを撒いた……」

「ああ、ああ」

彼女が要領を得ないので、「オウム知ってますよね」と念を押すと、「ああ、でもよくは知らないかも」という返事。そして、ややあって、「そんなことありましたね」と、何度かうなずいた。

「でもね、オウムの名前は知っています」

と彼女は言葉を継いだ。

「私あの頃、遊びまくってて、町田を歩くと必ず知ってる子に会うんですよ。その友達のひとりに、危ない団体の下っ端やってる子がいて、私に教えてくれたんです。『あそこでアンケート取ってるやつら、やばいっすよ。オウムっていう噂ですよ。逃げられなくなるみたいだから、気をつけてください』って」

暴力団なのか、暴走族なのかはわからないが、そういう場所に属していた人は、とりあえずは仲間によって守られていたというわけだ。

本当なら、暴力団ではなく、既存の宗教がカルトから守る役割をすべきだったのではないだろうか。その宗教に守られていさえすれば、彼らはオウムには入らない。だが、私たちには、もはやどの宗教が「安全」なのかわからない。

「オウム事件には、あんまり関心がなかったんですね?」

「ええ、あんまりピンと来なくて。怖いですよね」

と取ってつけたようなことを言う。

「じゃあ、オウム死刑執行のニュースにも、特に何にも感じることはなく?」

「ええ、まぁ。悪いことした人たちが処刑されたんだなって」

「地下鉄サリン事件の時には何してましたか?」

彼女に聞くと、何年前でしたか? と彼女が確認する。

「そっか、……」と自分の年齢を割り出すと、彼女はふふっと笑って、こう言った。

「あの頃、私、知り合って三日で私のところに転がり込んできた男に、四年間監禁されてました。怖くて、逃げて身を隠していたら、住んでるところがばれて、部屋に押しかけてきたんです。当時、七階に住んでいたんですけど、ベランダに追い詰められて、景色を逆さに見ました」

「逆さって？」

「私、男にベランダに逆さに吊るされたんですよ。建築関係の人でしたから、腕っぷし強かったんですよね」

「ええ？　殺されかけたってこと？」

彼女はカラカラと笑った。

「そのあと数年間、男に監禁されて、自由がきかなかったんですよ。でも、ようやく別れることができました」

私は黙ってしまった。

「大切な二〇代でしたよ。あの人に会わなきゃどんな人生だっただろうって思うこともあります」

オウムの頃、彼女は別の事件に巻き込まれて死にかけていた。

オウムの外の人々にもまた、それぞれのストーリーがある。誰もがオウム事件を気にしているわけではないのだ。

では、私はなぜ、これだけ彼らが気になるのだろうか。

私が宗教的なものに出会うことになったのは、死をテーマにした取材が相次いだからだ。最初は、国際霊柩送還の仕事をしている人の取材をした。次は東日本大震災。無我夢中で執筆していると、何かふとしたことで、人智を超えるものに触れてしまうことがあった。書いている時には、そういうことが時々起こる。それが何かはわからないが、この世ならざるものとのつながりを濃厚に感じ、自分がそこに運ばれたと考える。看取りの取材では、死の先にあるものを語って亡くなる人たちを見てきた。

しかし、結論として、私は何か神秘的なものが外側にあるとは思えなかった。あまりに執筆にのめり込むあまりに「見てしまった」のだ。だが、こうも思った。人は死を目の前にすると、スピリチュアルにならざるを得ない。大昔から宗教があるのは、きっと人間がそういう風にできているからだ。

そんな時、宗教を学びたいと思った。自分の死が訪れる前に、今のうちから宗教を学んでおきたい。そんなつもりでいろんな信仰の場をふらふら歩いた。

そこでは、いろんな人と会った。まともな人がほとんどだったが、そうでない人もいた。修行年数で、「霊力」を誇ってみたり、「あの人の解釈は教祖の言うことと違う」と露骨に競争心をあらわにしたり。仏教で女性を依存させて、その人の自立を奪ったり。虚構の上に虚構を積み重ねるから、外から見るとおかしなことになっている。

オーラの色で魂の格付けをされたこともあれば、病気を霊障のせいにされたこともある。どこでも、同じだなと思った。この世のしがらみから脱してみると、さらにもっと濃い「コミュニティ」があって、そこで人は自ら縛られる。人は、そのままであり続けることが難しいのだ。もっと進歩がしたい。もっと極めたい。「自我を捨てよ」と説教する人の自我が、どんどん大きくなっていくのを、本人は気づいていない。それを不思議な気分で眺めていた。

なんとなく宗教者は高潔なものだという思い込みもあったが、常識という覆いが外れてしまうため、理解不能なできごとにも遭遇する。

かつて旅先で、ある熱心な仏教徒にお金を貸したことがある。もちろん相手は宗教者だから当然返してくれるだろうと思ったのだ。だがいっこうに返してくれない。疑問を口にすると、「私の尊敬する指導者は、怒るなと言っている」と真顔で言うのだ。

「え?」

「怒りの芽を見つめ、それが生まれたと思ったら素早く、それを摘み取るのです」

「……」

何を言ってるんだろう、この人は。しかし、何を言っても説法で丸め込もうとする。あげくの果てに、

「あなたは人格的に問題があるから、仏教には向いていない」

と宣言された。いや、ブッダは人殺しも弟子にしたんだよ、とよほど言ってやろうかと思ったが、大人げないのでやめておいた。本当にがっかりした。

その人は、名の知れた新興の仏教団体の幹部だ。

この話にはオチがあって、この人が説法をするので、聞きにいくと大勢の信者に向かって、「罪悪感を捨てなさい」と説いていた。全身から力が抜けた。誰も彼を止める人はいないだろう。彼らは怒らない人たちの集いだ。「怒るな」も「罪悪感を捨てなさい」も、言葉はどれもこれも有名な指導者のものであり、それ自体何も間違っていない。しかし、どれだけ各々の言葉が正しくても、やはり全体としてひどく歪んでいるのだ。

ここは慈悲深くあるべきで、批判ではなく赦すところなのだろう。宗教者ならそうする。そうできないお前は未熟者。金返せなんて欲にまみれている、というところか。こういう団体では、従順なほうが居心地がいい。

宗教を学ぶ中で、人は無防備になる。「怒り」や、「疑念」「悲しみ」などは、最初に取り上げられて丸裸になる。そういった感情を発露させることは、教えに反する。

しかし、「何かおかしい」という直感は、しばしば感情とともにやってくるものだ。そして、何かしらの精神的なコントロールから離脱する時は、怒りや違和感が必要な時もある。

宗教の中でしばらく過ごすと、「怒り」や「悲しみ」「疑念」を持つことをためらってしまい、これを書いていても、次第に気分が悪くなってくるのがわかる。私の感情にロックがかかってしまい、自然に感情を味わうのが難しくなっている。

怒ってはいけない、疑ってはいけない、悲しんではいけない……。いや、しかし書いておかなければならないのだ。

あの時、私が大事にしたのは、幼稚園で教えてもらった常識のほうだった。私は、外側に出て人の話を拾って歩く人間だ。生身の人間の、世俗のさもない声が、聖職者よりまっとうに聞こえることもあるのだ。

時折、宗教の現場に行くと、どうしてこんなに話が通じないんだろう、と思うことがある。当然あるべき共通認識のようなものが、奇妙な感じで脱落しているのだ。

当時、母は胃ろうをしていた。運動神経の障害で、歯を食いしばったまま、食べ物が呑み込めなくなったのだ。

「かわいそうに。そんなにまでして、生きていて何の意味があるの?」

と、無邪気に言ったのも有名な仏教系の宗教団体の人だった。彼女は自然な命をことさら大事にする人で、一切のケミカルなものを寄せつけない「オーガニックな」生活をしていた。彼女によると、胃ろうは、自然な命に反する、魂を傷つける行為なのだそうだ。

胃ろう反対だという彼女の主張は一般論としては間違っていない。とても正しいとすら思う。胃ろうは非人道的かもしれないし、もしかすると、人の魂を損なうのかもしれない。私も積極的に奨励はしない。だが、彼女には自然な生命の在り方に固執するあまり、「人に対する敬意」が絶望的に欠けていた。それは、たぶん目の前にいる人間に対する、思いやりのようなものだ。

七〇キロ近くも体重のある、まだ六〇代の若い母親だ。口が動かなくなったという理由で、いったい何か月絶食させたら、彼女は死んでくれるのだろう。二か月だろうか、三か月だろうか。あまりにつらいので、途中で何とかしてくれと懇願する人もいた。「目の前で飢えて、じわじわと亡くなっていくお母さんを、見るのはすごくつらいと思います」という医師の言葉は建前にには聞こえなかった。そこにこもっていたのは、理不尽な病を得てしまった患者に対する精いっぱいの思いやりだった。

あの時、私たちが、胃ろうを断念しようと、断念しまいと、それはどちらでもよかったと思う。私は胃ろうを断念した人にも深く共感しただろう。そしてその悲しみを、自分のことのように感じられただろう。私たちは同志で、理不尽なのは病のほうだ。ただ、命の在り方を「不自然」であるとして、寝たきりであること、食べられないことを、意味のない、価値のない命であると決めつけないでほしいのだ。

「慈悲」とは何だろう。彼女も悪気はなく、無邪気に、私の母に慈悲をかけているつもりだったのだろう。しかし皮肉なことに、彼女は他人の命の価値にまで踏み込んでしまった。

「じゃあ、あなたのお母さんには生きている意味があるんですか？」

と言われたらむっとするだろう。誰だって同じだ。生身の人間なのだ。原理原則に忠実で正しくあろうとするあまり、彼女には横たわる私の母の姿は見えていなかったのだ。

オウムがなぜ人を殺すに至ったかはよくわからない。私たちは外部の人間だ。しかし、凶悪犯罪に至るまでの、無数の小さな敷石のようなものは、なんとなく理解できる。

絶対化した教義の上に、何階建てにもなって虚構が載る。虚構は虚構なので、ずっとそれを信じるための燃料が必要だ。それは時々、架空の敵であり、理不尽な迫害であったりする。虚構に制限はない。ハイジのようになって飛ぶのがいくら荒唐無稽であっても、それを信じる人がいる限り、やはり麻原は「飛ぶ」のだ。

弟子たちは薄々気づいていたに違いない。本人たちは否定するかもしれないが、もしかすると、最初から「何かおかしい」と、思っていた可能性もある。

何度も引き返す機会はあっただろう。彼らは、拘置所の中で、何度も反芻《はんすう》したに違いない。

あそこで気づいていたら。あそこで引き返していたなら……。

あの日、あの角を曲がったときに、もし友人にばったり出会ったら。

「やあ、久しぶりだね。あれからどうしてたの？　あのバスに乗って以来だよね」

もし、親ともう一度話そうと思えたら。

「象の帽子をかぶった一見面白い人たちだって、悪いことはするのよ」

もし、ほどほどに遊んでいたら？

「やつら、やばいっすよ。変な団体だから近づかないほうがいいっすよ」

広瀬健一元死刑囚は「地下鉄にサリンを撒く指示も『救済』としてしか受け取れませんでした。『殺人』という常識的なイメージが浮かばなかったのです」と手紙に記している。

最初はただ、より純度の高い帰依をと願ったに違いない。より正しくあろうとしたのではないだろうか。だが、いつのまにか手段と目的がひっくり返ってしまった。何のための宗教だったのか？　教義にとらわれ、宗教のためなら何をやってもいいと考えるようになった。

ある朝の通勤ラッシュ。人々は、みないつものように列車に乗っている。スーツを着て、あるいは学生服、普段着で。仕事のことや、受験のこと、次の休みの予定を考えていたかもしれない。駅には駅員がいて、いつもと同じように業務に励んでいた。そこにいる、ひとりひとりに事情があり、人生があったはずだ。

もし仮に、実行犯たちが、そこにいるひとりひとりの顔をきちんと見ることができたらどうだっただろう。そこにある、ひとりひとりの人生を、想像することができたとしたら。自分の行いひとつひとつを、きちんと悩み、迷うことができたなら。

そしてもしも彼らが、全身で怒りを表すことができたら?

「僕たちは、無辜《むこ》の人を殺すために生まれてきたんじゃない」

そう叫ぶことができたなら、彼らは罪を犯しただろうか。洗脳をどうやったら自分で解くことができたのだろうか。

彼らの家族、友人、支援者たちが、何度も何度も、彼らを引き戻そうとしていた、当時の報道映像を思い出す。私の勝手な想像もまた、誰かの足を踏んでいるのだろう。

あの日、駅で倒れていた人も、サリンを撒いて逃亡した人も、その日をやり過ごした大勢の人も、かつてオウムのバスに乗って帰ってこなかった私の同級生も、〈彼ら〉はみな、同時代に生きた〈私たち〉だ。

かつて、バングラデシュ人の僧侶が、私を自分の国の寺院に連れていってくれたことがある。雑踏の中にあるお寺にも、豊かな田園地帯に建てられた寺院にも、連れていってもらい、その寺の僧侶に会わせてくれた。

ある日、バングラデシュの仏教界で、ナンバー2だという長老に会わせてくれるという。「どんな智慧の言葉を授けてくれるのだろう」とドキドキした。何か特別な人間になったような気がしたのだ。

すでに高齢で、ベッドに臥《ふ》せっていた長老は起き上がると、我々にどうしても話したいことがあるという。私に授けてくれる言葉は何だろう。このバングラデシュに残ってくださいと言われたらどうしよう。目を見つめられて、「あなたは〇〇の生まれ代わりだ」などと言われるかもしれない。

私たちは、うやうやしく彼に礼をすると、彼の足元に跪《ひざまず》いた。すると、彼はよわよわしい声でこうささやいたのだ。

「わしは、パイナップルの缶詰工場が欲しい」

ドネーションのお願いだった。

ポール・マッカートニーには、マリア様が、「レット・イット・ビー」とささやいたらしいが、長老は、「パイナップルの缶詰工場が欲しい」とささやいた。

あの日、私はこのうえなく所帯じみた言葉を聞いた。人は霞を食べて生きてはいない。虚構の中で、ひとかどの人物になったような気がしているとすれば、それは錯覚だ。人生は時々、理不尽で、不条理で、不公平だ。善人が早死にし、悪人が天寿を全うする。バングラデシュは貧困にあえいでおり、子どもは病気にかかって死に、物乞いが道にあふれている。時に、天災や事件、事故で愛する人を理不尽に奪われることもある。私たちは、飛べない。神通力も使えない。いつでも力不足だ。それでも、そんな世の中でも美しい人はいる。私は、祈り方すら知らない人の中に、奇跡を見る。

パイナップルの缶詰工場は私に大切な気づきを教えてくれた。

「そろそろ帰れ」という合図だと思った。

やることがあるだろう、人の中へ帰れと。


（『サンガジャパン』二〇一八年九月一日刊）

遅効性のくすり

仏教の信徒になれるのではないかと思い、世界中の仏教寺院を渡り歩いたことがある。でも、結局私には信仰は向いていなかった。「佐々さんは、絶対にこちらに戻ってきますよ」と、私をよく知っている担当編集者が言っていた。こちらとは「ノンフィクション」を書く世界。さすが編集者はよくわかっている。私は世俗にまみれて生きるのが性に合っている。

こんな私が新『サンガ』のための原稿を依頼されてしまった。さて、何が書けるだろう。

ある日私はインドのブッダガヤにいた。そこは仏教徒の聖地。釈迦が悟りを開いたとされる場所には、菩提樹《ぼだいじゅ》があり、その菩提樹を囲むように巨大な石の仏塔が建っている。

仏教徒たちは、その周りをぐるぐると巡礼する。バングラデシュの僧侶についていった私は、夜明けとともにそこへ行き、毎日通路の端で瞑想をする。とはいえ、まともに瞑想したのは最初の数日で、結局私はそこで巡礼する人々ばかりを飽かず眺めていた。

メガホンを片手に経文を唱える僧侶。白い服を着た在家の信者たち。五体投地の果てに体幹が鍛えられて筋肉隆々になったチベットの男たち。ヨーロッパのセレブリティと思《おぼ》しきモデル体型の白人女性たち。彼らは何を祈っているのだろう。健康？　金運？　世界の平和？　いきとしいける者の幸せ？　まるで様々な人種を入れて回した洗濯機のようだった。人々はぐるぐる渦を巻いて回っている。

仏像を収めた部屋には、たくさんの巡礼者たちが訪れる。彼らは仏像にピンク色の蓮《はす》の花や、オレンジ色のマリーゴールドの花輪を供えると、感極まった声で祈りを捧げる。そして彼らが出ていくと、係の人間が水色のバケツに供え物をザーッと捨てる。情緒もへったくれもあったものではない。次にまた巡礼者が訪れ、祈りを捧げ、去ると供え物をザーッ。また人々が祈りを捧げ去っていく。私はそれをただ見つめていた。

ある日、出家に立ち会わせてもらった。まだあどけない少年が仏塔の前で僧侶になる。私はいくらかの寄進をして彼を祝福した。嬉しそうな彼と彼の家族を見ながら、私はいつまでも俗世間にいる自分を発見した。

仏塔の周辺に入るには、厳重なボディチェックがある。テロがあったそうで、銃をかついだ、いかつい兵士が立つゲートで身体検査をして入る。だが、物乞いたちはそこに入れない。

周囲はインドでもとりわけ貧しい地域で、周囲の人はトタン屋根だけの掘っ建て小屋に暮らしている。乾いた土に穴を掘って、そこで火をおこし、ご飯を作る。その器に牛やらヤギやらアヒルまでが口をつっこんで一緒にご飯を食べていた。風が吹くと動物たちの乾いた糞が乾いた砂埃と一緒に舞い上がる。一方で世界中の仏教徒が集まる聖地があって、彼らはそこに入れない。まるで天国と地獄が隣り合っているような場所だった。

「天国」側のゲートをくぐろうとすると、その前に物乞いが集まってくる。不思議とこの地に来たばかりの人が狙われる。彼らには、お金を出しそうな人がわかるのだ。痩せた子どもたちや赤ん坊を抱いた女性がポストカードや蓮の花束を売りに来て、「一〇ルピー、一〇ルピー」と手を差し出す。きりがない。それを振りきって中へと入る。

ある日のこと、門前に人だかりができていた。群衆の頭の上にロープが張ってあり、頭に金だらいを載せた幼い少女が乗っている。綱渡りだ。その子はニコリともせず、にらみつけるようにして前を向いている。

危ういバランスの中、彼女は右に揺れると左足を踏ん張り、左に揺れると右足を踏ん張り、ギリギリのところでロープの上に乗っている。彼女が一歩、一歩と歩くたびに、ギャラリーからは歓声が上がった。そして端まで来ると、体を沈め、くるっとUターンをする。意志の強そうな目をした女の子は、立ち上がるとまたバランスをとりながら進んでいった。

私は立ち去ることができなかった。

私はその日、仏塔の中には入らず街の中をうろついて過ごした。

次の日こそ門の中に入ろうとゲートの前に行くと、ひとりの男が近づいてきた。

「マハラニ（お后様《きさき》）、徳を積みませんか？」

そう言って目の前に出されたのは鳥かごだった。無残にも十何羽もの小鳥たちがぎゅうぎゅうに詰め込まれており、息も絶え絶えだ。羽を広げたまま押しつぶされた姿の鳥もいる。

「マハラニ、あなたが一五〇ルピーを払って鳥を自由にすれば徳を積め、来世は裕福な家に生まれ変わるでしょう。いかがですか？」

いつもなら彼らに捕まらないように速足で急ぐのに、この日私の足は止まった。

私と男のやりとりに気づいた物乞いたちが好奇心いっぱいの顔をして集まってきて、みるみるギャラリーができる。私たちを囲み、私がどうするかを眺めている。

男は私の目の前に鳥かごをつきつけ、「一五〇ルピー」と言ってくる。

私が鳥を放してやらなければ、鳥は死んでしまうだろう。だが、私が一五〇ルピーを出したところで、男はまた鳥かごにその小鳥たちを詰め込み、誰かに同じようにせがむのだ。

「一五〇ルピーを出してあなたが鳥を自由にしてあげる。あなたは徳を積める。どうですか。悪い話じゃないでしょう?」

男は私とのやりとりを楽しむように笑った。

これでは人質ではないか。お金を出してはいけないことはわかっていた。だが、私の心は動いた。無性に鳥を自由にしたくなったのだ。無駄だと思える一五〇ルピーを払いたくなった。鳥をかごから出してやりたくなった。

私が突っ立ったままでいると、ギャラリーの中から、男が声をかけてきた。何をやっているのかを聞いているようだ。すると、鳥かごの男は、その男にぱっと近づいて「マハラジャ（王様）、徳を積みませんか?」と同じ口上を述べ始めた。

人の輪はその男に移り、あっという間にギャラリーの外に取り残された私はぼんやりと立ち尽くした。

その時、私の中で何かが変わった。

旅は終わったのだ、帰ろうと思った。

結局、私は仏教徒にはなれなかった。

その後ノンフィクションの現場に戻り、七年越しの本を出した。

あの旅が役に立っているとも、立っていないとも思える。

時々、コロナ禍などでSNSがエキセントリックに炎上しているのを見ると、少し距離を置いて、自分の内面に戻ることができたり、取材で感情が荒れ狂っている時、その奥の静かな場所に帰っていくことができるようになった。たぶん、瞑想とはこういうことを言うのだろうと思うことがある。

漢方のようにあとからじわじわと効くものでいいのなら、仏教書は役に立つ。

書棚に仏教関連の本はいつも置いてある。サンガの本も多い。私の死生観は仏教のそれにとても近い。たぶん私の本に仏教の影響を見る読者は多いのではないだろうか。

仏教書を開くと、その時々で発見がある。だが、もう何としてでも理解したいとは思わなくなった。すぐ忘れてもいいし、ピンと来なくてもいいと割り切っている。

私は、あいかわらずあの少女のように、天国に至る門の前で、ぐらぐらしながらロープの上を歩いている。


(『サンガジャパンプラス』二〇二二年七月一日刊)

本書に登場する団体名、肩書、年齢などは、取材・執筆当時のものです。

あとがき

今まで書き溜めてあったエッセイとルポルタージュの作品集が、まるで果実が実り落ちるようにして完成した。相変わらずできの悪い私だが、なにしろ残された時間が少ない。一冊にしてもらって、安堵の気持ちでいる。

私の病気は悪性の脳腫瘍、その中でも、とりわけ悪性度の高い「神経膠腫《しんけいこうしゅ》」、別名「グリオーマ」に罹《かか》っている。

この病気の平均余命は一四か月といわれている。二〇二一年厚生労働省の簡易生命表によると、日本人の平均余命は男性八一・四七歳、女性八七・五七歳。五五歳の私は、人よりだいぶ短い生涯の幕を、間もなく閉じることになる。昨年一一月に発病した私は、あと数か月で認知機能などがおとろえ、意識が喪失し、あの世へ行くらしいのだ。

だが、ちょっと考えてほしい。それは誰もがいずれ通る道だ。老いも若きも、寿命の長い短い、そこに至る病気も様々だが、これは皆がいずれ向き合わなければならない、「人生の宿題」なのだ。

二作前の著書『エンド・オブ・ライフ』では、在宅の看取りをテーマに訪問看護師の故・森山文則《ふみのり》さんの終末期を書かせてもらったが、何の運命のいたずらか、今度は私自身が終末期の当事者となった。

あいうえお順でもなく、背の低い順でもない。きっと神様には、人間にはわかるはずもない順番があるのだろう。遺影の中の森山さんが苦笑する姿が目に浮かぶようだ。

「ごめんなさい。私も同じ、終末期をむかえることになったよ」

森山さんがそこにいたら、何と言うだろう。

風の吹く日には、ずっと近く、彼のことを間近に感じる時がある。


この病気は、一〇万人に一人と言われる珍しい病で、近所ではほとんど目にすることはない。

「うちの子グリオーマで」「あらあら、うちもよ」とは、普通なら、ならないだろう。

しかし、SNSを見ると、少なくない人がそれぞれに、この病と向き合っている。私はその人たちに「一人じゃないよ」と言われているようで、心が強くなるのを感じる。

私の夫は会社の転勤族。結婚してから、社宅を転々とした。苦労してやっとできた、数少ない貴重な友達なのに、またお別れを言わなければならないと、毎回、毎回、悲しくてしかたがなかった。

そんな時、その友達にこんなことを言われた。

「行っちゃうほうも悲しいけど、残るほうもさびしいよ」と。

当時は息子たちと同じくらい小さかった子たち、やっちゃん、じろうくん、てるちゃん、たいがくん、それにかずやくんは元気で暮らしているだろうか。その母親たちはどうしているのだろう。どうか、幸せになってほしい。生き別れになってしまったけれど、死んでもずっと友達だ。

グリオーマは、その数の少なさから「希少がん」と、よばれている。希《まれ》ながんだから希少がんだ。

「希少がん」。いい響きではないか。私は、その名前をとても気に入っている。入院中、病室を車いすで出ると、近くに、白い扉にガラス張りの一角があり、「希少がんセンター」と書かれていた。

その名前に刻まれた「希少」は、私には「希望」に見えてくる。

実際は希望なのか絶望なのか。私にはよくわからない。だが、いいではないか。私にとってそれは、めったに見ることのない「希望のがん」だ。

では、希望とはなんだろう。その希望は、いったいどこにあるのだろう。

いつか私にも、希望の本当の意味がわかる日が来るだろうか。

誰かが私を導き、夜明けを照らしてくれるだろうか。もし、それがあるとするなら、「長生きして幸せ」、「短いから不幸せ」、と言った安易な考え方をやめて、寿命の長短を超えた「何か」であってほしい。そう願っている。そして遺された人たちには、その限りある幸せを思う存分、かみしめてほしいのだ。

ところで、横浜にこどもホスピス「うみとそらのおうち」と呼ばれる施設がある。重篤な病などを患っている子どもたちに、命輝く時間を提供する場、とでも言ったらいいだろうか。子どもたちは、キラキラと輝き、遊び、嬉しそうにしている。先日、代表理事の田川尚登さんがこんなことを語ってくれた。「寿命の短いこどもは、大人よりはるかに、何が起きているか、ものごとがわかっています。だから、『もっとやりたい』とか、『つぎはいつ遊ぶ?』と、わがままを言ったりしないんです。ただ、その日、その瞬間のことを『ああ、楽しかった』とだけ言って別れるのです」

「ああ、楽しかった」と……。

取材をしていた時には、まだピンとこなかった。だが、その時わからなかったことも、今ならわかる。私たちは、その瞬間を生き、輝き、全力で愉しむのだ。そして満足をして帰っていく。

なんと素敵な生き方だろう。私もこうだったらいい。だから、今日は私も次の約束をせず、こう言って別れることにしよう。

「ああ、楽しかった」と。

集英社インターナショナルの田中伊織さんとは、一番古いおつきあいになりました。大変お世話になりました。そして、家族や友人をはじめとして、数えきれないすべてのみなさんに、心から感謝申し上げます。どうか、それぞれの幸せを大切に。

ありがとうございました。

二〇二三年九月　佐々涼子

初出

『潮』二〇一四年一一月号、二〇一五年六月号、二〇一九年九月号
『かまくら春秋』二〇一六年五月号
『新潮45』二〇一六年八月号
『日本経済新聞』二〇二一年七月三日〜一二月二五日
『暮しの手帖』二〇一三年四・五月号
『ししし 4』（双子のライオン堂出版部）二〇二一年一一月二三日発行
『集英社クオータリー　ｋｏｔｏｂａ』二〇一三年春号〜二〇一四年冬号
『コヨーテ』（スイッチパブリッシング）二〇一三年三月二五日発行
『Ｔ Ｊａｐａｎ』（集英社）二〇一七年三月二五日発行
『サンガジャパン』二〇一七年九月一日、二〇一八年九月一日発行
『サンガジャパンプラス』二〇二二年七月一日発行

佐々涼子

ささ・りょうこ

ノンフィクション作家。一九六八年生まれ。神奈川県出身。早稲田大学法学部卒業。日本語教師を経てフリーライターに。二〇一二年、『エンジェルフライト　国際霊柩送還士』（集英社）で第一〇回開高健ノンフィクション賞を受賞。二〇一四年に上梓した『紙つなげ！彼らが本の紙を造っている　再生・日本製紙石巻工場』（早川書房）は、紀伊國屋書店キノベス！第1位、ダ・ヴィンチBOOK OF THE YEAR第1位、新風賞特別賞などに、二〇二〇年の『エンド・オブ・ライフ』（集英社インターナショナル）は、Yahoo!ニュース一本屋大賞二〇二〇年 ノンフィクション本大賞に輝いた。他の著書に『ボーダー　移民と難民』（集英社インターナショナル）など。

夜明けを待つ

二〇二三年一二月二九日　第一刷発行
二〇二四年　三　月一三日　第四刷発行

著　者　佐《さ》々《さ》涼《りょう》子《こ》

発行者　岩瀬　朗

発行所　株式会社　集英社インターナショナル
〒一〇一－〇〇六四
東京都千代田区神田猿楽町一－五－一八
☎〇三－五二一一－二六三〇

発売所　株式会社　集英社
〒一〇一－八〇五〇
東京都千代田区一ツ橋二－五－一〇
☎〇三－三二三〇－六〇八〇（読者係）
☎〇三－三二三〇－六三九三（販売部）書店専用

印刷所　大日本印刷株式会社

製本所　株式会社ブックアート

ISBN978-4-7976-7438-5　C0095